Library

とテロル

平凡社ライブラリー

Heibonsha Library

ニヒルとテロル

秋山清

平凡社

本著作は『ニヒルとテロル』（泰流社、一九七七年）の構成に従い、『秋山清著作集』（ぱる出版、二〇〇六年）を底本としました。

目次

動と静――テロルとニヒル

小野十三郎様　君の文章を見て古いことを思い出した。君が「続・詩論」の『「257」』（『現代詩』一九五八年六月号）で大正末期のテロリストの詩文にふれてかいたのを読み、ぼくたちが共通に経験した一つのことを回想してなつかしく、そしてまたそこで君がかいていることにすこし異議を感ずるところもあって、いそいでこの手紙をしたためることにした。

君はそこでこうかいている。

「……たとえば中浜哲や古田大次郎ら無政府主義者たちが書き残したいくばくかの詩文をおもいだす。これらの直接行動に殉じた革命家たちが、ときたまそれによって自己を表現した詩や文章は、内に燃えるものがダイナミックに一つの極限状況に達しているにかかわらず、その表現は日常茶飯的に極めて平静さをたもっていて、当時のアバンギャルドの詩人たちが物した激越な詩や文章の性格とは対蹠的であることに気がつく。彼らの書いたものをいま読みかえしても、ふしぎに強く牽《ひ》かれるのは思うにそこには、動きがその限界量において、辛うじて持ちこたえられている静かさがあるからだ。……それは要するに無政府主義者であり、テロリストであった彼らの心懐の問題で、詩や文章としては方法以前の、素朴なものだと思っていた。……しかしよく考えてみると、これは人間の問題にして、同時に、詩の認識の問題なのだ。……彼らの詩や文章の成り立ちには、その自然発生的な素朴さのままで、私などが大いに追求しようとしている詩法の一つとして、複雑なものを単純に打ち出すという方法とともに同じく重要な、動きを静止状態で現わすために欠くことのできない条件が提出されているということは云っておきたい。」

右の、ぼくが傍点をつけたところに、いまぼくは君に向けて、とくに疑問をさしはさみたい。近ごろ詩の方法として君が考え及んでいるらしい「複雑なものを単純に」、「動きを静止状態で」ということについて、君自身の詩論の展開のために、かの大正のテロリストらがかいた作品などをどう材料として取り扱おうとそれはかまわぬことだが、その彼らの作品が、はたして君の主張の見本に相当するだろうか、ぼくはふとそのことに疑問をもったのだ。

また君は次のようにもかいている。

「……当時（大正末）の革命的な詩運動に対して、またその中から生れた個々の詩に対して、（彼らが）どのような考えを持っていたかはつまびらかにしないが、……しかし、表現的に誇張と歪曲と騒音によって成り立っているそれらの実際の作品からどれほどの感動をあたえられたかは疑問だ。そこには反撥をさそう要素があることを本能的にかぎとって、彼らの感性は、そういう詩の外に超然としていたであろうことも想像される。それは、すべてこのような行動者の精神中にある詩、心理状況の中にある詩は、誇張や歪曲や騒音をきらい、表現において極めて控え目で、万事に目立たないことをねがう詩であるからである。」

これらの発言を通して理解される詩と詩の方法についての君の考え方に、ぼくは反対しようとは思わない。だが、それはその結論においてのことだ。その結論に至る過程で君がとらえたテロリストらの詩についての理解に、ぼくは異議を感ずるのだ。

江口渙の『続・わが文学半生記』以来、大正のテロリストのことはだいぶ知られてきたようだが、ぼくたちは彼らについてはもっと早くから注目し、いくらかのことを知ってきている。君の第二詩集『古き世界の上に』のなかに「老人の話」という詩があったはずだ。あれは明治時代からの活動的なアナキストの岩佐作太郎に、ぼくらがはじめて逢った夜の話だった。そのとき、この老先輩の一アナキストが述べた、テロリスト古田大次郎の獄中手記『死の懺悔』の読後感に、ただならず君が感動したことを物語っているのがあの詩だ。その夜君に劣らずぼくもふかい感銘を受けた。だから「霧の夜」と題する小さな回想的な文章を、戦後ぼくもかいたことがあるくらいだ。

古田大次郎の『死の懺悔』は彼の死の数年後に刊行されて、殺人強盗罪その他のけわしい罪名にくらべて純潔純情だった彼の生涯を、ジャーナリズムさえもほめたたえたとき、その夜の岩佐作太郎は「古田君の純潔は美しいにはちがいないが旧道徳的な恋愛観にささえられ、また彼の行動と死も封建道徳からの脱皮不足によって早められたのではないか」とその批判をもらした。それがぼくたちに大きな感動を与えたのだ。このことは「テロリストと文学」という文章のなかでふれたからいまはこれまでとするが、つまりぼくがいいたいのは、目的に身命を賭けたテロリストだからといって特別に人間的に傑出し、悟達の境地をつねに持するものではなかっただろうということだ。君のテロリストの詩についての感想のなかに、ぼくにそういわせるようなものをぼくは感じてしまったのだ。

君の「続・詩論」の、テロリストの詩文についてかいたところを読んだとき、ぼくは思わず声を出して「小野は彼らの書き物をどれくらい読んだのか」といったくらいだ。それは誹謗の発言だろうか。それほどぼくはおどろき、なにか無責任みたいなものさえ君の文章から感じたのだ。いまは多くの人びとがこれら大正のテロリストの作品などを読む機会はほとんどあるまい。とすれば、君の詩論における根拠の一つ、テロリストの文学そのものについては、その当否を是非するすべもなく、人びとはただ君の言説にききいらねばならないことになるだろう。

ぼくは小野十三郎がテロリストの作品を何も読まずに、まったくのあてずっぽうでかいたとはいわないが、むかし読んだかすかな記憶がいま都合よい方に思い出されたんじゃないか、という疑惑に似た思いがただようことを抑止できない。それについてぼくが思うことは、大正のテロリストの集団ギロチン社の中枢であった中浜哲や古田大次郎のかきのこした詩文が君のいうように「内に燃えるものがダイナミックに一つの極限状況に達しているにかかわらず、その表現は日常茶飯的に極めて平静さをたもって」いたというのとは、事実においてその反対ではないかということだ。「当時のアバンギャルドの詩人たちが物した激越な詩や文章の性格とは対蹠的」であったのではなく、同じ時代の下の、同じ特徴が、アバンギャルド詩人すなわち小野十三郎自身も属していた『赤と黒』その他の人びとと同性同質のものが、彼らの内部に文学的表現を求めていたと考えるべきではないか、とそれがぼくのいいたいことなのだ。

ギロチン社の先達の一人でありかつそのなかでもっとも詩人だった中浜哲の詩が、君の指摘する「動きがその限界量において辛うじて持ちこたえられている静かさ」とはまったく別のものであることを、ぼくは次のことによって証明したい。

中浜哲の有名な大杉栄追悼詩「杉よ！　眼の男よ！」は、『日本現代詩人系 第八巻』などにも採録されているが、ぼくにはそれは辛うじてもちこたえられた静かさというよりも、動的で調子がありすぎて、かえって親しみにくくすら感じたこともあるほどだった。しかもこれは

『赤と黒』と同時期か、いくらかはそれより後の時期のものである。一九二五年の末に出た中浜哲著作集『黒パン』(雑誌『祖国と自由』大正十四年十二月号)のなかにある詩四篇のうちの「陣痛」では八ポイントから二号活字ぐらいまでのものを、自由に駆使してダイナミックな効果を狙い、「独嘯」という詩の部分には次のような個所もある。

名前は面《つら》の符牒じゃねえか⁉
面は身体の符牒じゃねえか⁉
身体の存在の幻影だ⁉
幻影は虚無だ⁉

また次のようなのもある。

『立ちん坊!』だア⁉
『ゴロツキ!』だア⁉
『奪還屋《りゃくや》!』だア⁉
『浜鉄!』だア⁉

『此の野郎!』だア!?

　『黒パン』の中浜の詩は一九二四年(大正十三)から翌年上半期くらいまでに大阪の獄中でかかれたものである。詩以外のものも全体にこんな調子で「誇張や歪曲や騒音をきらい」どころか、「誇張や歪曲や騒音そのもの」のようにすらぼくには見える。彼の詩をあつめたガリ版の『中浜哲遺稿集』(そのなかに「杉ょ! 眼の男よ!」がある)もこのような詩の方法で一貫している。『黒パン』が大阪で彼の同志の手によって出版されたのは一九二五年(大正一四)十二月で、萩原恭次郎の『死刑宣告』の刊行よりもわずかおくれていた。そこでぼくは、「赤と黒」などの詩の方法――在来の詩の観念と方法とを破砕しようとした試み――が年齢的には先輩の、しかし詩をさほど本気でかいていたのではなかった中浜哲に、与えたものがありはしなかったかと考える。そう考えてもさほど実情に遠いことではあるまい。そしてぼくは、太平洋戦争後における今日の批評の目で、中浜らの作品について、君のように「内に燃えるものがダイナミック、その表現は平静」なんていうことには疑問と反対をさしつけねばならない思いだ。

　そこでぼくはまず考える。テロリストとは何者であるのか。極限状況と君がとらえようとする彼らテロリストの、人間の内部に在るものの本質は何であるというのか。ぼくたちは、彼らの行動――書く、表現する、ということもたしかに一つの行動だがそれ以外の――にばかり注目しすぎてはいなかったか。かかる行動に至るまでの彼らの、一個の人間としての精神生活は、何故に自分自身の破滅をかけてまでの行動に彼らを追いやるどのような必然性に、燃えたのであるか。

これはぼくの独断的推量だが、内にダイナミックに燃えるものをかえって平静に表現した、と見るときの君自身の主観の内部には、自己の破滅をかけたそのニヒル、さらにテロルの行動に現われるその根元におけるニヒル、そこに至る精神、あるいは自己凝視の冷静さが、過大に計算されすぎているのではないか。ニヒルとテロル、このかかわりを動と静、それの極限と極限、というふうにとらえることに別にぼくは反対しない。だが、それは自己の内部でのそれぞれのかかわり、心的経過、推移、決断の過程として見ることはできるとしても、それが外に発するとき、行為にしろ、表現にしろ、それは相手があり、読者があり、つまり社会を対象としての仕事となる。いいかえれば、テロリストもまたそこいらの世間人になるということである。君のテロリストにたいする目は、理想化しすぎているのではないかとぼくは思う。テロルを決意する、そのことはすでに一つの人間的到達であるが、それによってテロリストその人の人間的トータルが急に巨大になるのでもなければ、思想が潤沢に豊富に、あるいは正しくきびしく、飛躍するなどとぼくは考えない。テロリストもやはり、そこらの世間にとつおいつしている人間のなかの一人びとりである、とぼくは主張したいのだ。憎むこと、否定すること、権力を認めないこと、それらのために自己をすてて何者かを斃すことを決心するというテロリストの出現は、テロリスト個人にとってもっとも意味が重い。そのとき、行為の成否はすでに彼自身において問題ではないかもしれない。だからといってテロリストが、日常坐臥緊迫した生活のなかに自己に厳正にすなわち「内に燃えるものがダイナミックに一つの極限状況に達している」とまでは容易にいいがたい、とぼくは考えるのだ。

いいかえれば、テロリストは頭の先からつまさきまで寸分の狂いなくテロリストであるのではない。テロリストはテロルを遂行するときにだけ完全にテロリストである。そのテロリストをなるべく、ふだんの社会生活の日常においてもテロリストたらしめるものは、ニヒルの思考である。内部におけるニヒルの強弱がそれを左右する。中浜哲の詩が狂想的、騒音的、ダダ的未来派的詩風にあったということは、君のいう「表現において平静」でなかったからといって、それによって、中浜の人間の内部を疑う必要はすこしもない。あれでいいのだ。小野十三郎の考えるように「動きを静止」で表現しなくともかまわないのだ。あえていうならば、テロリストもまた並の人間として、大正末期のいわゆるシュトルム・ウント・ドランクの時代にふさわしい詩をかくのがあたりまえなのだ。もう一ついえば、彼らの最高の表現は詩や歌ではなく、それはテロルの遂行でなければならなかったのだ。

『赤と黒』や『マヴォ』につづくあの時期の芸術革命を目ざした活動も、古田、中浜らテロリストの出現も、第一次世界大戦後のパニックと関東大震災による社会不安と、社会主義運動と反動攻勢とが合わさった暗い時代とふかく関連するものである。宇野要三郎（大正テロリストの東京での裁判の裁判長）のような、自分が死刑の判決をいいわたしながら、福田雅太郎を狙撃した犯人が古田大次郎であったと勘ちがいするようないまはそんなに老いぼれた人でさえ、あの時代をこんなふうに回想している。「……思想問題で社会が大揺れした時代であった。無政府主義者あり、社会主義者、共産主義者あり、一方ではまた日本主義と呼称される右翼ありで、犯罪はその両端にまで大揺れに揺れ、その振幅の大きさは社会を次々と変革していった。それはその時代の矛盾撞着や混乱が、多く犯罪の形式をもって表面化したのである。……当時の犯罪は、赤裸々な時代悪の曝露であり、また同時に深刻なる時代批判でもある。」（「呪われた法服時代」『文藝春秋』一九五六年三月号）と、このような時代に、テロリストだけが際だって人生に徹したり、そのために詩の方法にもある到達を得ていたなどと見るのは、憶測が好都合にすぎるではないか。

文学芸術の上にも不安と抵抗が意識的となり、社会運動にも絶望と革命的情熱が横溢した時代の下で、テロリズムも生誕したのではなかったか。それら新しい運動の担当者たちは、たしかに新時代を孕む人びとではあっても、その内部に共通する前近代的な何ものかが棲息していたことは疑えず、テロリストたちが残した作品が、だから前近代的な情感に低迷しつつ、同時代の詩の前衛たちの影響を受けたであろうことは、むしろ自然なことであった。テロリストの文学作品はもともと非専門的なものであり、そのなかで中浜の詩が「赤と黒」の詩人たちの詩と同時代性がつよく、ことによるとその亜流的存在ではなかったかとさえ考えることをぼくは不遜とは思わず、大逆的企画をひそめていたギロチン社集団の組織と維持の活動のあいまに、新しい時代の詩をかいたテロリスト中浜哲に、詩人的才能を評価したいのだ。

中浜とともにギロチン社のもう一つの柱であった古田大次郎には、残した二つの獄中記『死の懺悔』と『死刑囚の思い出』のなかにかなりの数に上る短歌がある。

恋人の瞳思いぬ牢獄の窓に閃く青白き星
限りなくわが心澄む恋人のうるおへる瞳思い見しとき
牢獄の八重の桜は花散りて姉思う我の涙そそるも
おしなべて生あるものの身の果を物語りつつ桜花散る
杉の木の幹にたわむる雀見て淋しくなりぬ母のなき我
膝に来て我と飯食ふ子雀の姿を思いひとり微笑む
永久に変らぬ相何故に此の世になきか桜花散る

(『死の懺悔』)

テロリストとして、死に至るまでの平静さと生活日常の謹厳さをいまも伝えられるほどの人としてはこの短歌はいかにも幼すぎる。古田は中浜とはちがって平素から文学にほとんど関心がなく、捕われて牢獄に在ることによって、手記のなかで短歌や詩を試みたにすぎない。その彼の感傷の歌が、君の意見のように、テロリストの躍動する感情を静止的に表現しえたものといいうるであろうか。事敗れてとらわれ、免れぬことを覚悟したとき、おのずと発した、わが命をいとしと思う者の回顧的な抒情とでもいうべきものである。このセンチメンタルな幼い詠嘆の背後には、ジャーナリズムや小賢しい小説家や庶民大衆によってまでその純情をほめたたえられた、かたくななまでに封建的な倫理観のうつくしさを見るばかりだ。

つまり、ぼくは、ぼくたちの目にふれる大正期テロリストの作品に、君がいうほど到達した境地やすすんだ表現の方法などというものを見いだしがたいのだ。このような君とぼくとの食いちがいは、テロリストらの企図と行動とその失敗についての理解と評価において、かなりの相違となって現われるかもしれないという危惧ともなりそうなのだ。多くの古さと自堕落と小心と非組織的な面をもちながら（そうであるがゆえにいっそう）なお身命を賭して遂げようとしたその行動性の孕むものすなわち知行合一の生活意欲に、反逆的抵抗を見ようとするとき、彼らの詩や歌についての評価のわれわれの間での行きちがいは、逆三角形の形となって、テロリストのなさんとした企図、成し遂げえなかった目的の評価に、現われずにはおかないだろう。

そしてその帰一するところはおそらくニヒリズムへの評価、あるいはその理解についてのかなり大きな食いちがいに由来するのではないかとぼくは思うのだ。

ところで、やはりテロリスト集団の一人であった村木源次郎の、「夏のお日様かんかん照らす」とうたい出した、童謡ふうの小さい詩がある（一〇〇頁参照）。

作品によって、作者の人となりをそのまま推量することがもし可能であるとするなら、この詩の作者は中浜哲や古田大次郎とは比較にならぬほどの人間的熟達と確かさをもった人のようにぼくには考えられる。ぼくの想像では村木源次郎は、自分の詩など、おそらく「詩」とも思っていなかっただろう。詩人としての自負と自覚をもっていた中浜の数多くの作品をもってしてもこの一篇の示すうつくしさには及ばなかったのではあるまいか、といいたくなるほどである。

村木源次郎の詩についてぼくは他にもう一篇だけ知っている。やはり童謡ふうの、両親を失った幼い大杉栄の娘に与えたものだが、それなどあるいは君のいう「内に燃えろものがダイナミックに一つの極限状況に達しているにかかわらず、その表現は日常茶飯的に平静さをたもつ」ものといえるかもしれない。村木の詩を、アナキスト、テロリストの作品というなら、ぼくも賛成できるかもしれない。この愛とやさしさに満ちた詩が生まれたときの歴史的な事情を思うならば、たしかにテロリスト村木の内部に燃え上がったものは、一方には不幸な幼児たちへの愛となって発し、他方には国家権力の手先となって虐殺をあえてしたものへの黒い憎悪となって煮えたぎっているかに見える。そしてそこからこの、子どもにもわかりいい言葉でかいたしずかな詩が生まれたことをぼくたちは知る。

だから、君の論旨、テロリストの詩についての意見にぼくは異論をさしはさもうとするのではなく、いま一歩の深くひろい理解をテロリストの詩人のために示してほしいというにすぎない。君があげた中浜や古田の詩と歌にたいする君の理解に、首肯しがたい部分を感じたことをぼくはそれをいいたかったのだ。

テロリストの作品も決して時代を超えることはできなかった。彼らの行為そのものが時代とのかかわりのものであったと考えるとき、彼らの作品もまたそうであったという見やすい道理にたって、ぼくは手許にある彼らの作品を読みかえしてみたまでだ。

では何故一方に村木のような作品が生まれ、他方に中浜らのような動的激情的な詩が生まれたのであるか。その回答をぼくはなおぼく自身納得しうるまでに明瞭になしえていないが、ただわずかにぼくは自分なりに以下の見解にたよろうとしている。それはテロルとニヒル、のかかわりである。

テロルは自己の人間的生存的欲望の一切を懸けることによってその遂行が果されるものである。だから、文学とか詩とか歌とかその他自己が生きたことを証明することをすら拒否するに至るはずのものであるが、多くのテロリストもそこまでの到達にはなかなか及ばなく見える。テロルの目的、その達成のために彼らの内部に燃えるものははげしくなければならない。それとうらはらに彼の日常の生き方は静寂に現われることが理想的である。テロリストの詩についての小野十三郎の意見は、大正のテロリストらの実体を語ったのではなく、君自身が希望するその理想を示したものである。あるいは小野十三郎はそうありたいという願望と現実のテロリストの作品とを無造作に混同しすぎたものであろうか。その人間的未成熟、テロリストらの若さ、ふっきれなさのなかからもテロルは発するであろうが、十分成功して所期の目的に達するため、実行の一歩手前までの一切のものは、静寂に、計算を緻密に致さるべきものである。それこそ二律背反のごときものである。ニヒルとテロル、この相反するものが不可分に結びつくためには、否定の思想のなかに自己をとっぷりと埋めることと、もっとも俊敏に正確に活動する現実的能力をわがものとすること、の二つともがテロリストの所有でなければならない。

それは不可能な統一を思わせるかのごとくである。しかしそれをわれわれは渇望せねばならぬときがあるだろう。

大正末期の社会不安と絶望的状況と、テロルの企図には不可分といえるものがあった。そして詩も歌も手記も、彼らの内部的不安定の露呈をまぬがれぬものであった。だがそのことはテロリストの人間的未成熟を証するとともに、いっそうふかい人間性の存在をそこに証明しているように思えてしようがない。そしてニヒリストとして生きることはテロルの実行者たるよりも、もっと別な、またいっそう困難であるという思いがぼくをとらえることがある。

（一九五八年）

ニヒリスト辻潤

受けつがるべき「否定」

受けつがるべき否定

東京染井の墓地にほど近い西福寺に、その死から十七年目の「辻潤を偲ぶ会」がひらかれたのは一九六一年（昭和三十六）十一月二十四日だった。松尾邦之助、添田知道、村松正俊、小牧近江、小島きよその他、辻が英語教師をしていた上野高等女学校のかつての生徒たち数名、併せて三十人ばかりが集まった。朝鮮の元心昌や倅の辻まこともいて、次々に彼についての思い出ばなしが出たなかで、小牧近江の言葉が心にのこった。

「辻潤とは長く知りあったが、いつどこで出逢っても、その度ごとに、おい、ボルシェビィキ、ボルシェビィキと、私のことをそう呼んだ。ボルシェビィキを権力主義と見た辻さんはよほどそれが嫌いだったらしく、私は名を呼ばれたことがない。自分は今日まで幾十年日本のその勢力に革命を期待し、協力的態度をつづけてきたが、近ごろになって出逢ういろいろの出来ごとは、辻さんのそのころの言葉を思い出させ、それで今日この集まりに来て見る気になりました。」

おそらくは昨今やかましい日本共産党をめぐっての内部対立とそのさわがしさが、中央労働学園顧問の小牧近江にこういった意味の発言をさせたのだと思って、その言葉に耳を傾けた。この夜集まった人びとが辻潤に寄せる親しみは各自まちまちであろうが、小牧近江にそういわせた辻潤の生き方は、これからも時々人びとがきっと回顧するであろう人間的問題にふれている。

辻潤は世上にニヒリストまたはダダイストといわれてきた。彼はまたそれらについて多くの紹介や発言をしてきている。彼を小心翼々と生きた小市民と見ることもできるし、ニヒリストと見ることも、「エゴに徹して生き通した人」と見ることもそれぞれにあたっている。辻潤はまさにその全部である。しかし彼の本領は、権力ともっとも対蹠的の場に生きて死んだ、と見ることだと私は主張したい。彼のエゴもダダも、数々の飜訳も随筆も、文明批評も、その一点に集約されるとき、はじめて首尾一貫して見え、六十年の生涯をそれにかけ、その実践に費したということもできるのである。

「僕はかなり以前に癪の虫を脳中の一角に堅く封じ込めてしまったのだが……時々ソイツが這い出して来るのだ。」

「時代時代の国家組織や、社会制度に適合して、服従して、それらの為の手足になって働く人は安全な生活を送ることが出来る。すべて、犠牲的な精神は美徳である。家族の犠牲になる息子は親孝行、国家の犠牲になる者は忠義者、主人のために己を犠牲にする者は忠僕、みな美徳として讃えられる。」

この言葉を辻潤が、何時何処でかいたか、いまそれをつまびらかにしないが、戦後十五、六年もした今日読んではそれほどではないにしても、戦前の思想統制時代、忠君愛国が日本人の道徳的指標であった時代には、これは驚倒に値する発言であった。この言葉の前の方は日ごろの彼の生き方にそのままつながったものであり、後の方は彼の批評精神の端的な、だから反逆性をおびた発言であった。オレはそれがイヤだと言い張ることであり、その、オレはイヤだ、の立場から世間を眺めるとどいつもこいつも癪にさわるツラばかりだ、すなわち適合し服従して生きる忠義者、孝行者、忠僕のたぐいならざるはない、と彼はいっているのである。

ニヒリストといわれた彼は〝生〟を豊かに肯定し実践するために、人間の生存と生活とを侵している一切の社会組織、そのなかの一番強力な国家とその権力にもっとも反抗の態度を示しつづけた。

国家にたいする反抗といえばわれわれはすぐ社会主義的な一連の思想を考えたがる。だが、辻はもちろん現実に存在している国家とその権力機構に反対であるが、ブルジョア階級の支配下におかれている国家が革命されたとしても、新しい支配者による新しい組織、別の国家機構がつくられて民衆を従属させる権力が出現するとすれば、その国家権力にももちろん反対だ、というのが辻の主張しているところである。小牧近江をとらえて、ボルシェビィキ、ボルシェビィキと揶揄した辻の本音は、革命国家ソビエット・ロシアにたいする不同調の思いの吐露である。日本の、あるいは世界の、労働者階級が叩頭するソビエット・ロシアに向けるこの極めて早い時期の反抗的態度から、辻にむけて、君はアナキストか、という質問が出るはずだ。たしかにこの限りではその反国家の態度において彼はアナキズムを否定するものではあるまい。権力というものへの憎悪、不服従は抽象的思考としてアナキズムと区別はないようである。だが、

「『君は文士か?』

『否、』

『君はソシアリストか?』

『否、』

『アナキストか?』

『僕はこの世の一切の職業と主義名称とを唾棄する。』

『スカラアジプシイとでも呼んでくれ。』

と、こういうとき、彼の自意識は明らかに彼自身をいわゆるアナキストとは区別している。

「明治四十年八月六日、東京角筈十二社、社会主義夏期講習会における写真」というのがあり、幸徳も堺も片山もおり、森近運平、山川均、斎藤兼次郎、田添鉄二、福田英子、西川光二郎、大杉栄らの顔も見え、そして二十四歳の辻潤もそのなかにまじっている。後にスティルネルの『唯一者とその所有』の訳者となった辻潤が、明治の社会主義にまず良心の出発をしたことを語る記念である。

明治二十年以前に生まれて、明治末および大正期にその個性を発揮した人びと、大杉栄、山川均、賀川豊彦、新居格、荒畑寒村、宮嶋資夫、石川啄木、竹久夢二らと時を同じくする辻潤が、独自的に彼自身を充実させたことはその後の彼の生き方が証明するところである。彼のアナキズムないしニヒリズムは、大杉栄の行動的アナキズムにくらべて、自己内部においてきびしく熟達したその純粋度においては大杉の到達以上であったかもしれない。このゆえに現実的闘争には弱く、市井の放浪に生涯を埋没せざるを得なかったのである。自分の敵と正面からたたかうことをしなかったかわりに彼は、自分自身の現実的生活を軽んじて終わる結果となったかのごとくである。
辻潤が昭和初期のファシズム的日本に生きのびたとき、彼のニヒリズムに共感をよせる萩原朔太郎、生田春月らの詩人がいた。小説家宮嶋資夫も存在した。彼らには共通する不安と絶望があり、天皇と政府と軍部勢力による支配体制に不同調の心の姿勢をそれぞれにもちつづけていた。太平洋戦争の末期、東京都新宿区下落合のあるアパートで人知れず窮死したと伝えられる辻潤を追慕する者たちに、権力、なかんずく国家権力にむける峻烈な彼の否定の精神が受けつながれてあるべきことを、現代の日本と日本人のために私は切望してやまない。

（一九六一年）

アナーキー

ニヒリズムとアナキズムの関係は、その現実否定の積極面において共通し、社会変革への期待というもう一つの積極面においてかけはなれる。たとえば辻潤に代表される大正、昭和（戦前）のニヒリズムは、現実生活そのものに対する否定的態度としてユニークな思考をあえてしたと見えるが、それも辻潤を除いては、他の幾人が最後まで、国家あるいは民族、また神（仏）、さらに経済機構などを通して生活にのしかかってくる「権威」を否定しつくすことができたか。

良き社会を迎えて幸福に生き残るというような夢のカケラをすら捨てえた者以外、その徹底はおぼつかなく、われらの周辺のニヒリズムは観念の遊戯以上に出ることはできもしなかった。辻潤以外、自己をそこまで徹底させた思想家をさがし出すことは困難である。思想を語り、伝え、ひろげるということとうらはらな思想を自己のものとし、それに深く徹したといえる辻潤の生き方に、彼の否定の思想のユニークさがあった。アナキズムは、その権威否定の側面においては辻の思想に立派に現わされたかに見える。そして多くの混同者たちはここまでしか見ようとしない。辻をアナキストに数える一部の主張はそのゆえに浅薄きわまることになるのである。

辻潤は自己と他との社会生活者としての連帯の観念を積極的に欠落させている。そのような思考を自己の上に誇っているかのごとくである。彼のニヒリズムは社会生活のなかにおける人間生活の現実面での、不自由のみを対象としてできあがったかのごとくである。彼の思考には、だから民族も人類もその重要なファクターをなしていない。自己における唯一者の思考に徹すれば徹するほど、それは反社会的なスタイルとなって現われる。

「三人の会」[*1]におけるアナ・ボル対立のさわぎのなかを、卓上に上がって皿小鉢を踏み割り、奇声を上げつつ躍《おど》りあるいたと伝えられる辻の行為は、正しくそのいずれにも与しえず、抑えがたくやり場のなかった者の、はしなき行為であったのではないか。権力を否定するアナキストも、革命とともに支配権力を自覚に掌握せんとするボルシェビィキもなお「理想主義」にこだわりすぎている、とおそらく辻の否定精神からは判断されたのである。革命は権力の争奪の彼方にある。革命は破壊にしかない。社会はそれ自体が一種の権威であり、したがって個人にとって圧力である。ゆえに革命とは破壊である。建設ではない。政治を否定する思想をもってつきぬけた思考の彼方の空白、辻潤はそれを見つめた日本の唯一者であったのかもしれない。

「社会思想家」として辻を判断せんとするならば、一切の正の思考をもってしてはならない、負をもってしなければならない。民族主義、国家主義、道徳主義、民主主義、共産主義、無政府主義、そのいずれをもってしても工合がわるい。それらのいずれにも、もし「反」の一字をかぶせるなら、それをもって辻の思いの一部を語ることにはなりうることかもしれないのだ。民族も人類も日ごろの思考の対象から外されているとすれば、それは自己を唯一者とする思想に他ならず、それに徹すれば徹するほど反社会的である。そして反社会的―反現実的―反権威・反権力、という順序での、日本国家にたいする反抗的態度においてならいわゆるアナキズムと、もっとも現実的な主張において重なる部分が多いであろう。

個人の自由の主張から国家権力にたいする反対者としての辻をアナキストと呼ぶことがあるいはありえたとしても、アナキスト―無政府主義者の思考と辻潤のニヒリズムとの決定的なちがいは、辻が集団的、社会的な人間生活でのプラスに何の期待をももたなかったことにある。

それは自己を未来の社会連帯のなかの一個と見るか否かにかかわる。辻潤は社会的連帯―組合、村落、都市、あるいは家族、家庭等による束縛の一切を否定することを恐れぬ思考者であった。少なくとも個がそれらによって生活その他の自由を撓《たわ》められることを拒否するものであった。働くこと、稼ぐこと、礼節をつくすこと、わがままをつつしむこと、それらもともに彼の拒否するところとなる。連帯から脱することを思った（としか見えないその生涯）とすれば、辻こそ何にもまして体制的社会への反社会的存在ではないか。しかししばしば辻潤が広義の意としての主義者、反権威者としていわゆる健全な社会から爪弾きされたのは、当面日本国家、国家の下におかれた社会にとってのアンチテーゼたりしことに由来する。私は辻潤を、社会主義からアナキズムに至る革命的思想の対立物として見たい衝動を抑えきれない。国家という民衆にとっての強大な対立物を前にしたとき、アナキズムとともに反体制的な思想として存在しながら、だから深い親近感を抱きつづけながら、それゆえに、辻の否定主義のなかにエゴイズム、それが個を最上とする徹底したものであることによって、それ自体のまま強力な敵の思想として見えるときがある、あるはずだ、という予感におそわれる。

辻の思想を、アリストクラシーの面でとらえて見ることには何か意味がありはしないだろうか。それこそもっともアリストクラチックではないか。自己を何ものにも代えがたく高い地位に置く。しかし従来、いわゆる貴族主義は個人主義として、その個人――自己の繁栄のために権力につながり、権力の最強の社会形態としての国家につながる。辻はもっとも下層に生きた。インテリゲンチャとして、働かざる者は食うべからず、という社会主義国家の主張によってではなく、働かねば生きられない現実の社会の仕組と対立するために、放浪者となり、貧しきを当然とし、死をまで懸けた。働くも生きるも死することも自分の意志で、自分は自分のものであることの実証として生きて死んだ。だから、辻はたった一つの表現しかそのためにもたなかった。それが彼のニヒリズムである。

ニヒリズムを思想と生活の核として辻を判断すれば、彼の生涯にまつわって見える矛盾は、どうやらこの一点に集約されて見ることができる。

ニヒリズム、そしてその現われはアナーキーとしてである。

（一九六四年）

＊1——一九二三年六月、雑誌『種蒔く人』の主催でひらかれた、社会主義思想をもつ当時の先輩文学者、秋田雨雀、小川未明、中村吉蔵の業績をたたえる集まり。

三国同盟

その夜の霧の白さが思い起こされる。そしてそのとき以来彼と逢ったことがない。彼らと私とが三国同盟を結んだのは偶然のことであった。東洋のこの三国は歴史を古くしながらまだまだ消滅することもあるまいから、われらの三国同盟は、将来にかけて記憶されるべき魁《さきがけ》の歴史的意義を、ひそかに誇りとしてもいい。

まったく白い霧がふかく早春の夜をたちこめていた。芝の西久保巴町から虎の門の方へ出て来る電車通りをわれら三人はもつれるように肩をぶっつけて歩きながら、虎の門の市電の交叉点まで来た。そして「ここらで解散とするか」といったのは私だった。それには耳をかたむけず高漢容と辻潤とは狭い歩道の上に立ってこそこそと相談していた。そしてすこしはなれて立っていた私の方へ、高が歩いて来て、「もう一杯やろうよ」、とすぐ近くの、狭いガラス戸をあけてはいると、白いエプロンをかけた女給が二人いた。

この夜の早いうち、高漢容と私は芝の神谷町にあった虚無思想社を訪ね、そこで加藤一夫、ヨシユキエイスケ、辻潤と逢い、そのあと辻と出かけてきたのだった。その晩は、辻は紺の木綿の洗いざらした被布みたいなものを着、高は新しい濃緑のビロードのルパシカ、私は紺サージの詰襟、明るい電灯の下ではちょっと風変わりなとりあわせだったかもしれない。辻は虚無思想社でいくらか飲んでいたが、もう一杯やって別れようということだった。

辻は腰にさしていた尺八をとって吹くような真似をしたり、やめたり、また口にあてがってみたりしながら、さかずきを手にとった。

「おやりなさいよ。」

と女の子がすすめると、

「実はネ、ぼく、日本人じゃないのよ、だから吹けないよ、真似してるだけよ、日本のキモノきてるけど、ぼく、ぼく支那人――」

そういってから私を指して「これ朝鮮」、高の肩をたたいて「これが日本、ぼくら三国同盟よ」といった。そして、

「だからね、ぼく支那のウタうたうよ。」

とそういって、やがて辻は卓の隅っこを手で軽くたたき、きいたこともない早口のうたをうたいはじめた。関東大震災の残骸が裏通りにはまだ残っていた時期だから、四十年も古いはなし、だがそのときの辻の声とうたの寂寥のひびきが私のなかにいまも冷えこむように残っているのだということを、疑う人はうたがえ。それはもう私には、ただそうだという以外には再現しようもない記憶だ。しかし誰か、辻の写真顔でも思い出して、あのちょっとおちょぼ口の、細面の、色白で小づくりな男が、目をつぶって、かすかに首をふるようにして、澄みとおった細い声で、意味もわからぬ片言めいた言葉でうたいつづけている恰好を想像してみたまえ。辻はそんなうたを、ひとりでながいことうたいつづけた。だんだんひくく細くなり、はては独りごとみたいに口のうちでなおもうたいつづけていたが、ふと目をあけて、じっと辻の口許を見つめ

ていた私の目に出あうと、ペロッと小さな舌を出した。その舌が妙に赤く見えた。それから「こんどは高山だ、やれやれ」と高漢容にけしかけた。高山とは京城出身の朝鮮人高漢容が、下宿などで「高さん」と呼ばれるのをそのまま日本ふうの姓にして高山慶太郎というペンネームを彼がつかっていた、その名前だ。濁音がカサカサにひっかかるあの朝鮮人なまりのすこしもなかった高漢容が「おれ、朝鮮のうたがききたいよ」と逃げると、辻は「そうだ朝鮮をやれ」と今度は私にさいそくした。

「ところがネ」と私はそばの女の子に話しかけた。「ぼくは、子どものとき日本に来てネ、日本の学校にはいっちゃって、朝鮮のうた、しらんのよ。」といい加減にいってのけると、とうとう高がうたうことになった。高は「おれは河原の枯れすすき」をうたった。血色もよく肌目のこまかい美男子の高は声もうつくしかった。うまい、うまい、うまいと辻はわざとはしゃいで手をたたいた。

その夜かぎりで、高はその以前から知り合っていた菊村雪子を宮崎県の延岡に訪ねることになっていた。働いていた東大病院の食堂もやめ、明日出発するという、はからずも今夜は彼の送別の会ということになった。

辻は、それからも支那人の唄と称して、言葉も意味もわからぬ、おそらく節まわしも出鱈目なのをいくつもうたってきかせた。その店を出てからも、辻は、さっきのつづきのようなわからぬうたをうたいながら、ぶらぶら歩いた。腰に尺八を挿して、その腰には癖のある揺れ工合があって、ちびったひくい下駄で、新橋の方へ、手もふらず、後も見ずにいってしまった。

さっき辻がくれた『自我経』を私はもっていた。その扉には「高漢容に贈る」とぬらぬらとくねったペン字でかいてあり、それを辻は私にくれて「高は旅にゆくんだからな」といった。

歩いてゆく辻を私たちは立っていて見送ったが、すぐ辻の後姿はその夜の濃い霧のなかに溶けこんでしまった。それほどふかい夜霧であった。ふと、その夜を思い出すと、早春のめずらしい夜霧の厚さが目の前をいまも白くとざしているような錯覚が私をとらえる。そんな夜の記憶だ。遠くはるかでいて身近い感触とでもいいたいような。私は私よりも辻よりも、一番日本人らしい風貌の高漢容と二人で、それから溜池の方へ歩いた。彼は無口になり、両手をオーバーのポケットにつっこんで、上向き気味にゆっくりと大股で歩きながら「辻って、さびしいやつね」と、一言そういった。またしばらくしてぽつりといった。

「もう逢えませんね。」

辻とか。私とか。それは知らない。彼は明日東京をたって、歩いて箱根を越す計画を立てていた。延岡まで歩くのか、と問いかけてやめた。彼と私の交友は二ヶ年に及ぶ。私は彼に連れられて朝鮮人の集まりにも何度かいった。彼と私の論議は反権力において一致し、ニヒリズムについて対立した。生きるに希望なし、自我あるのみ、この強い主張の高漢容は、その自我の連帯を思い、コムミューンを夢想する私よりもふだんにヒューマニストで人情家であった。

「君に何も贈るものがない。ぼくの名を、あれをつかってくれないか、高山慶太郎。」

彼に贈られたそのペンネームで太平洋戦争中は樹木や木材のはなしをかき、詩を発表したこともある。

辻は、その霧の夜の「三国同盟」のあと、まもなくフランスにいった。その送別の集まりのことは、雑誌『悪い仲間』に特集されて手許に残っている。

戦後たびたびの朝鮮の騒乱に高漢容の思い出を私はそっと記憶のなかで撫でる。辻の十七回忌には人びとの追憶談をだまってきいていた。再び会することのなかったわれらの三国同盟を私だけが守っている。


（一九六二年）

大正、昭和の虚無思想雑誌

ニヒリズム、虚無思想についての研究的な雑誌が大正の終わりごろから現在までに四種ほど出ている。研究的だといってても学問的ではなく、より集まって好き勝手なことをいいあっているみたいな雑誌だが、そのなかには真面目すぎるような論文もいくつかはあり、ことにその雑誌に瀰漫《びまん》している反国家的反社会的な姿勢には、日本あるいは世界の文化の底辺の方での、一種特別な流れとして、看過するには惜しいものがある。これらの雑誌を通じて一貫してその心棒が辻潤であること、またその辻の意外な蕊のつよい仕事熱心、ひょうひょうと尺八をさげて流浪し、酒をのんで、勝手なことを陀々って一生を終わったかに見える彼の思想と生き方および彼をとりまいたダダ・ニヒルの一群の存在に、われわれはもう一度目をとめる必要はないかと私はあらためていまそのことを考える。

四回にわたる虚無思想の研究雑誌（その一度は戦後）を前にして、辻を中心としてここに離合集散した人びとが、はたしてどこまで本気に虚無と取り組んだか否かは別として、あるいはマルクス主義の全盛時代、あるいはファシズムのたけり狂う戦前戦中の一時期をそれらのファナチックな情熱と対蹠的に存在しつづけたこの底流的人間の思想の変遷を追ってみることは、一九六〇年以後に生きるわれわれにとって必要な興味のようにも思われるのである。いま私が手にしている、第一次の『虚無思想研究』は一九二五年（大正十四）七月一日に第一号を出し、当時の日本橋区下槙町の虚無思想研究社発行となっている。その創刊号内容は次の通り。

循環論証の新真理概要（古谷栄一）、無の世界有の世界及び幻影の承認（村松正俊）、無価値の狂想（新居格）、阿毘達磨倶舎論の無我説に就いて（卜部哲次郎）、ふらぐめんた（武林無想庵）、無根拠礼讃（レオ・シェストフ）、辰ちゃんの頁（内藤辰雄）、十二階が折れた（西村陽吉）、ふうふ（高橋新吉）、モヂュヒン、クオレカリニ音楽会、夜の思ひ出、ファストの蚤

（吉行エイスケ）、こんとらぢくとら（辻潤・卜部哲次郎）、自殺礼讃（荒川畔村）、ニヒリスト隻言（尾山放浪）

巻頭論文をかいた古谷栄一は第五号に「虚無思想とナイヒリズム」をかき、昭和になってからの雑誌『ニヒル』で「社会正義と無産者覇道のマルクス主義」という論文をかいた、一連のこれら虚無思想雑誌の重要な論客である。卜部、荒川、吉行はその後も辻潤とともに虚無主義的活動（?）をつづけた人たち、それに別格の武林無想庵を加えると、まずわが国の大正、昭和の虚無思想圏の中心が形づくられる。この他に虚無主義雑誌にしばしば顔をならべる、新居格、村松正俊、加藤一夫、百瀬二郎（エリゼ二郎）らは、アナキズム的立場から虚無思想を論じた人びとである。『虚無思想研究』第一号には西村陽吉、内藤辰雄、高橋新吉の名も見えるがこの人びととともに、この雑誌には必ずしも虚無思想的でない人びとの野次馬的執筆もだいぶ加わっている。むしろ尾山放浪のやけっぱちな文意に私はニヒルをよりつよく感ずる。

そして注目すべきことは、昭和にはいって一時インテリの間に流行したシェストフの逸早い登場がある。この訳者は辻潤。彼は、あるいはシェストフに注目したことでもっとも早い人ではなかったかと思う。博学多読の辻が、彼自身の思想的立場からシェストフに目をとめるのも、それを紹介するのも当然のことである。

特異なスタイルの随筆「こんとらぢくとら」のなかで辻潤はこんなことをかいしいる。

「▼「虚無思想」を研究すると云うことはどんなことをするのか私にも実はよくわかってはいないのだ。それを研究すればそれがなんのタシになるのだか、ならないのだか、そんなことも私にはわからない。老子はだから「名の名とすべきは常名に非ず」と云っているではないか？
▼僕は昔から老荘のエピゴーネンだと、無想庵も云っているが、僕も御多分に洩れないエピゴーネンだ、老荘も恐らく何人かのエピゴーネンだったのだろう。
▼近代の異人の思想家ではスチルナアとショウペンハウエルとを私は好む。かれ等が偉大な思想家であるかないかそんなことは私にはわからない、唯好きだと云うだけだ。
▼僕は昔から無想庵が好きだった。今でも彼が好きだ。なぜなら彼の持つ思想や、スタイルが今の日本人中で一番私に似ているからだ。
▼彼の書いたものを読むことは自分の書いたものを読むことと大差がないからだ。
▼最近で一番私が興味を持って読んだ物はやはり彼の日記を集めた『世界を家として』と云う書物だ。それからパピニの自叙伝だ。それからアルチバセフの『作者の感想』だ。」
右の言葉を私は当時のニヒリズムの正体をさぐる手がかりになりそうだと思って引用してみた。これらの言葉に加えて「▼私はかなりなエゴイストではあるが、人間や世の中の事を考えない人間でもない。――私は友達や同胞の不幸を冀《ねが》う人間ではない。▼健康で、御相互に仲よ

く暮らすことが出来自分の好きな仕事にいそしむことが出来ればそれ以外にあまり問題はない。唯それが如何に出来がたいかと云う事実が存在しているばかりだ。▼人間を平等に愛する――そんなことが出来てたまるものか？」などを読むと、辻潤の思想と社会主義との関係もおぼろげにわかりそうな思いがしてくる。総じて第一次の『虚無思想研究』には研究といえるほどのものはない。編集者（辻と卜部）自身が筆者でありニヒリストと自讃したことと関係があるのであろう。巻末の次号予告には加藤一夫、大泉黒石、宮嶋資夫が登場することになっている。これで当時ニヒリストと目されつつジャーナリズムに多少の名をもつ人びとはほぼ登場、ということになるらしい。

そして第二号から大泉黒石が「虚無思想入門」を連載しはじめ、ニヒリズムと仏教について述べている。辻は「こんちらぺくとら」という随筆欄で「私の眼はいつでも内側に向けられている。予はアキメクラの一種なり」とか、「正直に自分の思ったことを云うと生きてゆかれなくなるとはなんたる不思議の世の中」などといって、彼のニヒリズムが対社会的に何らかの牙をもつ思想であることを思わせている。

『虚無思想研究』はその年のうちに第六号まで出た。あるいはこれで打切りになったのではあるまいか（編註・一九二六年四月まで計九冊刊行された）。第三号以下第六号までの登場者には萩原恭次郎、生田春月、小川未明、多田文三、麻生義らの名が見える。反マルクス主義的雰囲気のあったこともこれで推察されるが、わが国の社会運動からアナキズムが衰退してゆく過程とかさなりあうものがある。この雑誌が出た一九二五年（大正十四）といえば中浜哲、古田大次郎らを中心としたニヒリスティックなアナキストのテロルの活動が敗北して終わった年でもある。

『虚無思想』の創刊は一九二六年（大正十五）三月で、これは『虚無思想研究』の三十二頁にくらべて百二十六頁という大きなもので、文学、美術、演劇、音楽、映画にもわたり、ニヒルを根底においた総合雑誌という体裁である。小説に小川未明、稲垣足穂、今東光が登場し、新居格、石川三四郎、村松正俊らの評論が巻頭に並んでいるところにニヒリズムとアナキズムのかかわりが重く見られるといったふうがあり、またわが国の大正、昭和のニヒルの思想史上に逸することのできない詩人萩原朔太郎の「先駆者と反対のもの」が掲載されている。未明の小説「君は信ずるか」は彼の有名な童話宣言が発表される直前の作品でおそらく未明の最後の小説であり、ニヒリズムの影のふかい力作であった。辻潤は「にひりすと」というベン・ヘクトの反訳を発表している。

『虚無思想』の編集発行印刷人は吉行エイスケ（栄助）であった。この雑誌は二号までで終わったのではないかと思う（編註・三号まで刊行された）。その第二号には石原純、生田長江、野口米次郎、正岡容、岡沢秀虎の他、佐藤春夫、片岡鉄兵、水守亀之助、室生犀星らの名前がある。アルチバーセフ、スティルネルらに関する研究論文と辻潤の「無根拠礼讃」と無想庵の名がわずかに虚無的思想について述べているが、そんな稀薄さがこの雑誌の二号で終わった（とすれば）理由であったかもしれない。頁数の割合には弱かった雑誌である。

『ニヒル』が出たのは『虚無思想』から四年の後の一九三〇年（昭和五）二月であった。この雑誌は前の『虚無思想』よりももう一つ前の『虚無思想研究』の方に編集などのやり方が近くなっている。『虚無思想』がかなりに文壇的であったことにくらべるといくらか隠者的とでもいったふうのスネたところがある。

創刊号は竹下絃之介が編集後記をかいているが、二号には竹下が退き辻潤宅（東京市外荏原中延一〇八九）が編集事務取扱所になり、発行所は本郷湯島の入門社書店内ニヒル社、であった。

創刊号の随筆「ひぐりでぃや・ぴぐりでぃや」のなかで辻潤は例によって縦横無尽の毒舌を発している。

「▼また同気相求める連中を狩り集めて雑誌を出すことにした。勿論、「ニヒル」と云ってもそれは単なる符牒であって、内容や筆者の個性は千差万別神社仏閣である。

▼神を信じたり、人類を信じたり、銀行を信用したり、革命を信仰したり、なんとかのイディオロギーを担ぎ上げたり、色々簡単に出来る人達はまことに幸福だ。

▼僕には最早そんなことは出来ぬ。考えると僕には第一「自分」があまり信用出来ない。

況んや他人をや！
▼僕は御存知の通り、約一年程、巴里でくらしてみた。僕は巴里でたいていひる寝ばかりしていた。しかし、別段始めからひる寝をするつもりで行ったわけでもなかった。」
といった調子である。辻潤が巴里に旅立ったのは一九二八年（昭和三）はじめらしい。というのは、さきの『虚無思想』を改題したことになっている『悪い仲間』という雑誌の第五号が「辻潤渡仏送別記念号」（昭和三年二月）となっているからであり、『ニヒル』第一号の辻潤の「ひぐりでぃや・ぴぐりでぃや」は日本に帰ってからの一九二九年末にかいたものであるから、この間約一年巴里にいたと自らいう辻の言葉とつじつまが合ってくる。

そこにはまた、

「▼最近伊予の八幡浜に帰省して上京した高橋新吉の親友S君の報告によると、新吉は今年の春以来ずっと座敷牢の生活を営んでいたが彼の躁狂性は愈々猛烈になり、絶えず咆哮して、家人や友人のみさかいなく、糞尿を投げつけたりなぞしていたが、……
▼……彼の第二詩集を借りて読んだが、云うまでもなく新たなる感銘を受けた。彼は恐らく狂的天才であったに相異ない。僕は彼を認めることに於て決して人後に落ちるものではない。
▼自分は彼の遺稿を集めてこの雑誌で発表したいと考えている。」

などと高橋を故人あつかいしてある。高橋新吉はダダのはなしになるといまはじき辻の先輩みたいなことをよくいいたがるが、冷静な知識人の面を多分にもっていた辻は大分そこらがちがっている。新吉知己ありというべし。私は思う、新吉のなかには一種の世俗的な現実主義が強固に根を張っていてその点では、しばしば、虚無思想系の雑誌に辻とのかかわりで彼は顔を出してはいるが、質的に大分異なるものがある。戦時中のことなどそれを証明しているのではないか。

さて『ニヒル』の創刊号（一九三〇年二月）の目次は次の通りであった。

天国は近づけり（卜部哲次郎）、ANATHEMA!（Benjamin De Casseres）、叙情詩三篇（萩原朔太郎）、児戯（生田春月）、社会主義と無産者覇道のマルクス主義（古谷栄一）、背徳主義の二つの類型（百瀬二郎）、巴里だより（武林無想庵）、言葉随想（西谷勢之介）、マックス・スチルネル年譜（ジョン・ヘンリイ・マッケイ）、厭世の告白（小野庵保蔵）、さらまんだ㈠（飯森正芳）、一つの抗議（小島きよ）、浮浪人の言葉㈠（林芙美子）、ある消息（南條芦夫）、無題（鈴木周一郎）、山中呪文（小森盛）、ひぐりでぃや・ぴぐりでぃや（辻潤）、同（卜部哲次郎）

ここで注目すべきことは『ニヒル』は三号出たが、その三号を通じて詩人の萩原朔太郎と生田春月が毎号執筆していることである。第二号に朔太郎は「辻潤と螺旋道」を、春月は「六根清浄（詩）」を、第三号に朔太郎は「ポオ・ニイチェ・ドストイエフスキイ」、春月は「俗悪万歳（詩）」をかいている。一九三〇年（昭和五）は春月の自殺した年である。『ニヒル』の三号は五月一日発行、そして春月の自殺はこの年の五月だったから、いくらもへだたりはなかった。感傷の詩人として知られている生田春月は昭和のはじめごろから石川三四郎の「ディナミック」などに詩や随筆をかき、アナキズムへの傾斜を顕著に見せたが、他方なお懐疑的な色彩もつよかった。当時はマルクス主義プロレタリア文学の勢力のはげしい時期で、春月の死などインテリの追いつめられた自殺として片づけられたきらいもあったが、彼のもっていた問題には、それだけでは片づけられぬもっと歴史の昔からいまに通じている人間的な悩みがあったのではなかったか。昭和の思想史の側面的研究のためにも、著しくニヒルに傾いた朔太郎や春月ら詩人の内部にこもっていた問題についてわれわれは、もっと深く知ることが必要ではないかと思う。彼らの悩みを反階級的だとして一笑に付して通りすぎた者たちの、その以後戦前戦中からさらに戦後における顚落と転回を、自分の問題として省みることも併せて必要ではないか。

「▼Über mensch（超人）という言葉の反対に Unter mensch（低人）という言葉がある。僕などは自分では一種の「低人」だと思っている。つまり一人前になれない人間なのだ。▼勲章などを欲しがる阿呆共よりは、いくら低人でも、僕等の方が遥かに優秀だと信じている。」（「ひぐりでぃや・ぴぐりでいや」）

と、これもまた『ニヒル』創刊号の辻の言葉である。『虚無思想研究』や『ニヒル』のなかのいくつかの論文よりも辻潤の随筆の方にはるかに度のつよいニヒリズムを見るのは、私だけの目であろうか。しかし、そのニヒルな諸々の発言の彼方にほの見える辻の不敵な、反権力的思考に私はもっとも魅力があった。

このせっかくの『ニヒル』だがまたしても第三号で止んだ。その第三号の表紙の二に、ニヒル叢書刊行、という広告があり、第一期に、辻潤の『通俗・陀々羅行脚』以下、無想庵、百瀬二郎、新居格、村松正俊、加藤一夫、古谷栄一、第二期には辻潤の『浮浪漫語』以下、村松正俊、尾山放浪、百瀬二郎、高橋新吉、生田春月、中村還一、小野庵保蔵らの名があるが、再刊である『浮浪漫語』以外は刊行されなかったようである。この半分でも三分の一でも世に出ていたら、と惜しまれる。

「ニヒル」について一言つけ加えておきたいのはその第二号（一九三〇年三月号）に潤の長男の辻まこと、が登場していることである。題して「僕の見た巴里」という。

第二次の『虚無思想研究』が出たのは太平洋戦争後の一九四八年（昭和二一—三）六月であった。一九三〇年の『ニヒル』から戦前戦中の十五年をふくめて十八年をへだてている。

「毒にも薬にもならぬ書物が横行している中に、少し薬のききすぎるものを出してみたいというのが、この書の刊行の意図である。それにもまして、この書の刊行を到らしめたものは、老いていよいよ若返りした永遠の青年辻潤を追憶してやまないからである。」「にひる、にる、あどみらり的辻潤の死は、我国の文壇に於ける特異な存在の喪失であった。その特異さ、無軌道ぶりさのために文壇の流れからは外れてしまった。そして文字どおり、陋巷に死んだ。死んだ本人は、どうなったって同じさと、例の悪逆を弄して、地下で道化話しでもしているかも知れないが、多少ものの自由に言えるいまの社会に、生かしておいてみたかったのである。辻潤そのものが、いまなら世人に判ってもらえると思うからである。」「本書は辻潤を中心にした雑誌『虚無思想研究』の複刻である。一九二五年当時既にこのような思想が、斯くの如き表現をもってなされていたことを知ってほしいのである。」

これは第二次『虚無思想研究』第一号の、編集者荒川畔村《はんそん》の言葉の抜粋である。

戦後の一時期、われわれに自由が得られたと誰もが錯覚したような雰囲気がここにあるのはそれとして、戦後には辻潤らニヒリスト達の存在がいくらか注目され理解されようとする気配がないでもなかった。とにかく、この第一号はまさに複刻であった。「私の理想は人類の撲滅である」と扉にかかげ、またスティルネルの「自分は人を愛する、単に個人ではなくすべての人を。けれど自分は自我主義の自覚をもってかれ等を愛する。自分は愛が私を幸福にするゆえにかれ等を愛する――」を同じく扉に配して、中味は第一次『虚無思想研究』の辻、新居、古谷、村松、卜部、内藤、武林、萩原、小野庵、荒川らをあつめたものであった。第二号以下に松尾邦之助、大沢正道、細田源吉、石川三四郎、西山勇太郎、金子光晴らが顔を見せている。

また第三号から松尾邦之助編となり、別に松尾を中心にして「自由クラブ」という会が発足し「ますます反動化する社会情勢と次第に成熟してゆく会員の思想と時間の経過はもはや気の合った友人達との清談で満足させはしなかった。度々話題に上り、一度も実現されなかった雑誌の発行も自由クラブ叢書という形で、少数の人々の心を打つ資料として出そうということに話が定り、ここに自由クラブが正式に発足する」ということがその巻末に報告されている。そして『虚無思想研究』が『ニヒリズム研究』という題号に変更された。

虚無主義とニヒリズム、虚無思想研究とニヒリズム研究という言葉の些少の気分のちがい、その背後に存在する思想内容のちがいとその歴史的意味について一言、私自身の感想をかくべき義務を感じるが、ここでは、そういうことに注意し、発言すべき必要を感ずるというだけの発言にいまはとどめることとしたい。

ロシアあるいは西欧のニヒルとわが国でいう虚無とは同じにあつかってもいいかもしれぬが、ニヒリズムのマイナスの積極性のはげしさは、虚無主義という語感からは発生してこない。テロリズムをふりかざしたロシア虚無党の激烈に通ずるものは、大正、昭和の日本の虚無思想雑誌からは立ち昇らなかった。無為にして化する老子的な雰囲気の醸す平和的な気分がどこからともなく加わるからであった。ただ虚無思想雑誌の四つを強いて分けてみるならば、『虚無思想研究』（第一次）と『ニヒル』は同型で日本的ともいいうべく、『虚無思想』と第二次の『虚無思想研究』はしだいに西欧的なものがとり入れられる傾向に代わった。これも強いてそういって見るときの大雑把な感想にすぎないが――。

（一九六二年）

思想家としての辻潤

思想とは何であるか、ということについて私には的確な回答がない。だから、思想家としての辻潤、という課題に常識的に人を納得させるような解説は私には不可能に近い。しかし、たしかに彼は私らと踵を接して生きていた人である。ニッポンの東京という同じ環境のなかで、彼は私らと語り、酒をのみ、うたをうたってきかせた。

あるとき私の頭をなでて彼はこういったことがある。君は何がほしいのかね。私はそのとき回答に窮した。何もほしくはないヨともいいたかったし、いっぱい欲しいヨともいいたかったし、だが彼のいう何がほしいのか、の意味がしっかりとわかっていなかったようだ。

「虱にたかられて窮死したそうだ。」

戦後になってきいた無責任な、彼についてのうわさはそういうものだった。たしかに私は辻のことなど忘れていた。戦争の下の東京で人並にわがままに生きていたような記憶はあるが、辻潤のことなど、思い出してもいなかったようだ。辻に提出された「生きる」ことの問題は、生きることがおびやかされ、死を身近く見ているときにはさして大事な問題として考えられていなかったようである。しかしそれは、生きることに徹しておらず、心のどこかで死を鴻毛の軽きに任ずる日本人の心境に近づこうとしていたためかもしれない。そのときにわれわれに在ったものは生ではなく、生活ですらもなく、低級な生存がわずかにあったということである。辻がもし食うに困って戦争の下の東京で、うわさにきくように虱にたかられてやせこけて窮死したとすれば、彼にはそのとき、窮死すべき生活があった、ということになるのではあるまいか。

その死に方が辻の本望だったといおうとするのではないが、しかし、生存のために自己を放棄するしかなかった生き方よりも、それは本望に近かったのではあるまいか、ということである。もちろん、食うにこまって窮死することが本望であろうはずはなく、いくら辻潤だって——こういう付け加えはいったいどういうことだろう。節義のためにワラビばかり食って死んだ人もあるというから、窮死必ずしも恥辱ではないだろうが、恥辱ではないとか、あるとか、そのことがすでに辻の世界とはかかわるところが少なかったはず、ということに私も思い及ばぬではない。だが、そんな世界観の問題など蹴とばして、なお食わねば生きられないということの動物的な現実に直面したとき、彼のダダ、あるいはニヒルは彼の内部でどのように彼を支えたのであろうか。その思い及ばぬことに私は思いを馳せたくなる。

『売恥醜文』とかいう雑誌を、むかし、ヨシュキエイスケがやっていたことがあったと思うが、その名の示す程度の反逆性では辻の生きていた無恥は律しきれないように思う。私が思う辻の心境に、到達したまでの辻の思想遍歴にいま私は回顧的な思いを寄せるものである。出世功名の思いが明治の青年辻にはじめから皆無であったとはいえない。不如意の現実とその生活を改善したい意欲を一度は自己にもったであろうこともまた当然でなければならない。

「明治四十年八月六日、東京角筈十二社、社会主義夏期講習会における写真」のなかに少年のような顔をして辻潤が立っている。そこには片山潜、堺利彦、幸徳秋水、田添鉄二、山川均、西川光二郎、森近運平がおり、堺為子、福田英子がおり、築比地仲助、新村忠雄、吉川守国、大杉栄らもいる。この年は日刊平民新聞が刊行され、日本社会党が前年に結成されて、その内部に議会政策派と直接行動派との対立があった。しかし、その写真のなかには、この対立の両派ともどもに集まって「社会主義夏期講習会」をやり、そこに二十四歳の若く希望をもった辻潤が、明治を代表する社会主義者たちの間にまじって、立っているという次第だ。わが国の代表的なニヒリスト辻潤の出発が、この社会主義者たちとともに明治日本の現実に反旗をひるがえす気構えのなかに在ったということから、注目をそらすのは私にはできがたいことである。

失望し、絶望し、市井に流遇して無為の生活を実践するに至る以前の辻が、何かの希望をさぐりつつ社会主義者の群のなかにいたことは、後年のニヒリストの覚めた眼が、社会的現実にたいする反抗につながったところから発足したとしか見えない、そのことをまず考えてみたい。

明治の社会主義者とその周辺に集まった青年たちのほとんどは労働者でも農民でもなかったであろうか。しかも出世街道を歩くには正直すぎ、支配階級に近づくにはキリストや仏教の精神的な人道主義に学びすぎ、ある者は政治の悪を知り、国家のからくりに気がつき、個人の尊厳に目ざめつつあった。恋愛と生活との自由を主張する気力も芽生えていた。これらのどれもが支配者への反抗につながる。つまるところ、客気と失意とが彼らを日本国家にたいするアンチテーゼとして集団させたともいえぬものではなかった。まだまだ社会主義革命運動というよりも社会主義の研究というばくぜんたる思想啓蒙の時期という方があたっていたころである。大杉、山川と辻潤との間にも、この時期にはまだ大正におけるような、相容れぬプラスとマイナスのような開きは生じていなかった。反逆の対象は明治を縦断する道徳と官僚主義であり、それはやがては日本の国家権力そのものに他ならなかったが、一九〇七年（明治四十）八月においては、一つの研究会につどう少数の、未知を求め探る青年学徒にすぎなかった、といっていい存在だった。そして後年の彼らの、それぞれにユニークな活動は、明治が孕んだ、雑多で、東西の入り乱れた文化が、分化し進化する過程として、おのがじしの実力と特色を発揮したものだともいえることであろう。根は一つかもしれない。枝々に咲いた花の形が意外に異なった形態と大小とを見せたことでもあろうか。

大正の日本を代表する思想家として、大杉栄と北一輝と辻潤とを対立的に並べて考えることがしばらく私のくせのようになっている。世間——学者や歴史家や宗教者や先生たちが、このことをどう受けとるか、それは私の関知する要もないことである。私自身とのかかわりにおいて、私はこの三人に代表されるものが私自身の内部を環流し潜流しているといった自覚がたえない。

大杉栄に代表される日本のアナキズム、それにたいするわが国の思想史、社会運動史上の評価がときにどう浮沈しようとも、そのアナキズムが私の内部をつよく貫流しつづけてきたことはいうまでもない。北一輝に表現されるナショナリズムは、北の所有する政治感覚と権力主義と私の内部でのものは必ずしもうまく重ならないとしても、少年のころから現在も続いているものがナショナリズム的情感であることを、私は私に自覚している。それはときに私自身によって否定されもしつつ、しかもなお私を支えつづける何ものかとして在る。そして辻潤によって知らされたものは、前二者の強烈に燃えている個性的なものとは異質であると自覚される。そういう異質的な自覚を伴ないつつ、私自身の思考と行動を、別次元のような角度から批判しつづけて止まないものとして実在しつづける。そこが故里ででもあるかのように、そこに行けば休息の場があるかのような錯覚を伴なって、しかしそれは再び訪問することもない亡びた故里と同じように、他人にとっては昔ばなし以上の夢ものがたり、私自身にとってはあくまでも動かしがたい精神的な実在として。

辻潤はある時代のある私たちの青年期の理想像であった。もちろんそれは一九三五年（昭和十）以後の辻の生活の実態を十分知った上でのことではない。それは『ですぺら』の、『浮浪漫語』の辻潤にたいするものとしてである。しかし『ですぺら』と『浮浪漫語』以外のどこに、思想家辻潤がいるであろうか。それ以外の辻潤は、辻自身がいかに考えたとしても、それは辻潤のニセモノでしかない。辻の日常の生活のなかに常識的妥協的なもののカケラでもあろうものなら、それは辻潤自身の辻潤からの離脱であり、また落第である（あるいは、ある時期以後の辻潤はこの惰性的な下降をつづけたのみではあるまいかという疑惑がふと湧くことを私はかくしはせぬ）。

たとえば、もし晩年、虱ったかりになって死ぬとき辻潤が、過去の自分をふりかえって、その歩いてきた生活と道とを悔悟するようなことが万が一あったとしても『浮浪漫語』や『ですぺら』によって形成された「辻潤の映像」をいかんともなしうるものではない。辻潤が大正と昭和はじめに、ニヒリズムのスタイルであえてしたその主張とは、いったい何であったろうか。それは人間の生き方、在り方にたいする、それは国家主義も社会主義もあるいは無政府主義をも向うに回しておそれることのない、巨大なアンチテーゼであった。明治維新から今日までの日本の百年の歴史において、辻という一個の個性を忘れたらそこにポッカリと穴があく、といったようなもの。その大小は問わず、何をもってしても代置することのできない思想史上の欠落となるものである。辻潤がそこに在る以外、何をもってしても、誰をつれてきても、埋めることはできない、といったようなもの。

前にかいた「三国同盟」では朝鮮人の高漢容は日本人、もう一人の同行者A（編註・秋山）は朝鮮人ということになって、この三国同盟は、かわりばんこにバカバカしいうたを唄いつづけ、夜ふけてこの三国同盟は解散したが、このときはちょうど一九二八年（昭和三）のわが国の大パニックの折で、暮らしにくい時代を辻潤は、このように突然の思いつきで茶化していたということだ。その夜、ではサヨナラ、と辻は二人をおいて虎の門の電車通りを新橋駅の方に、尺八をさした腰をふりふり霧の降りたなかを消えていった。三国同盟、辻のこの思いつきはその場の座興ではあったろうが、日本のこれから急上昇する侵略主義とは向きのちがった、東洋風のコスモポリタン的風趣がある。面従腹背的弱さと強さで生きぬいたような辻の、これがはかない日本国民への果し状であり、反抗であったと見ることを仰々しいというよりも、あの時代にこうした日常的感情のなかにいたことを改めてかえりみることの方が現代とつながりはしないか。彼につきまとうインテリゲンチャの弱さと承服することのない智的な自己執着、それは国家とその権力とに対比して考えるとき、官僚主義と権威主義の最後までのアンチテーゼ的生き方として小さく輝き出すものがある。

しかし辻は決して自己を確固とした、安定した存在とは見ていない。自己さえ不信の対象としたところに彼の思想の強靭さが生まれ出たのではないだろうか。

「……考えると所謂徹底ということにどれ程の価値があるかそれさえ自分にはわからない程、自分はグラグラしているのだ。」(『浮浪漫語』)

「僕の周囲には、社会運動に酔払っている元気のいい人達が沢山いる。たとい必要に迫られて『止むに止まれない』心持からでも、そういう運動に酔うことの出来る人は羨望に値すると思う。」(同前)

この二つの言葉は、社会運動に牽引せられるものを内部にもつこと、それをもちながら、それをもつ自己に自己不信することとすなわち、自己不信を通じて自分を牽引する社会運動への不信を表明したものともいえる。もちろん、社会を支配するものへの反抗を評価しないのではなく、ただそれを絶対視するものでないことの強い表明なのである。

明治の社会主義者の集団に首をつっこみかけた以後の辻の思考は以上のところに一応の立場をとったことと思われる。これを、ボルシェビィキのいうように、プチブル根性とか、手の白いインテリの泣きごと、と片づけることはたやすいが、そう片づけられても辻にとってそれは頭の上の蠅でさえもなかったであろう。
問題の次元がまったく異なっているからである。そのことを辻は、ひくい声で次のように発言している。それはダダの繰り言のようでいて示唆ぶかい言葉だった。当時あまり人が注目しなかったものであるが、何十年たってもなかなか死滅しそうもない。
「……自分の意志や判断が、ハッキリ付かないうちにいつの間にか、他人の意志を意志として、他人の生活を生活するようにさせられてしまっている。そして、親達は『誰のお蔭で大きくなったのだと思う』といって、恩をきせ、国家はさも、国家のお蔭でお前を教育してやった、知識を授けてやったというような顔をして恩にきせる。」(同前)
これほどその時代にたいして反道徳な言葉は多くあるまい。よく忠に、よく孝に、これが教育勅語の道徳の根本であり、忠と孝とを一本にして国家へ従うことで私を失うことを至上の道徳とおしえたもの、それが明治の日本国家構成の地ならしであったとき、それに根底的な不信をきめつけたのが辻の言葉であった。知識人からすれば、これくらいのこと、と見たかもしれない。しかし正面切ってこういえた者はこの時代、ザラにいたわけではない。まして、社会主義者、共産主義者は、その究極において忠孝の問題において、決して「国と親とにつくす」ことを否定しないばかりか、党のためにとか、大衆に奉仕するとかいって、むしろそれを改めて強く要求する。ロシアや中国のように革命があった国においては決してこうした辻の発言を容認しないであろう。辻が日本の大正や昭和の国家の下でこうした発言をあえてしたときは「日本国家」の権力に反抗するものとして、あるいは拍手したかもしれないのだが、辻の真意が日本のみでなく、中国の、ロシアの、その他いかなる国家にたいしても同質に発言されるものであることを知ったら、彼らが弾圧者に回ることはまちがいない。

しかし、われわれは、そこにこそ辻潤の思想家としての存在を見るのである。虱ったかりになって死んだからではなく、虱ったかりになっても、従属しようとしなかった、その反国家的反権力的ニヒルの思考こそ、思想というに足るものがニヒリスト辻潤のなかに存在したことを証拠だてるのだと思う。

三、四年前の「辻潤の会」の夜、小牧近江が話した言葉が永く私のなかに残るのもそのゆえである。

先にかいたように小牧はそのときボルシェビィキ、ボルシェビィキと辻に呼ばれたことを話した。

辻が、もしそのときの小牧の言葉をきいたら、「それははじめからわかっていたことだよ、おそいぞ」というかもしれない。しかし辻の言葉に一九六一年の暮れにそのような思いを抱いたことに、小牧近江の人柄が見える。あるいは辻潤という存在に目をひらいたのかもしれない。しかし小牧に向かって「ボルシェビィキ」と呼ぶといったようなことは辻にとって何でもないことである。それは国家権力というものの性格について、ふかく自戒していたことの現われであって、そのことを辻はかなりに若い時代からわがものとしていたであろうからだ。明治において社会主義に近よった辻は、その後の生存途上で、社会を蔽っている常識的な道徳がいかに非人間的であるかを知っていた。社会主義が、国家権力の交替に終わるのみと見たとき、共産主義までを含めて、時代の次の支配者といえども敵であるべきことを肝に銘じたのである。その下には自由がないことを理由として、彼は社会主義に背を向けたのである。大杉と辻潤とは思想的に国家権力にたいする批判においては一致したともいえるが、大杉が国家と権力とを敵としてたたかうことを宣したとき、辻はそのたたかいのための苦しみ、努力、その他の労苦を己れに課すことを避けたのである。辻が社会とたたかわなかったのではない。彼は彼の様式で最後まで根づよく社会とたたかいつづけて死んだ。そして敗北したのでもない。むしろ日本の現実的な権力やそれに従う道徳は、さいごまで辻を屈服させることができなかったままに辻に死なれてしまったのである。もし辻が戦後まで生きていたら、日本共産党のおメデタイ指導者のように、解放者マッカーサー万才！　など叫ぶことがないばかりか、日共をはじめとする戦後の政治家、思想家、詩人などが、あわててアメリカ民主主義一辺倒に、自己批判したり、ザンゲの詩をかいたりしているのを見て、「自由を知らぬ奴等」のためにせせら笑ったかもしれない。

一九二八年（昭和三）巴里にいったとき辻はこういった。

「僕は自分が西洋へ来て一番しみじみと感じることは、自分達が昔立派に持っていた文化を途中から西洋文明の侵害によって殆んど失ってしまったということだ。今となっては到底とり戻すことの出来ない我々の固有の文化のことだ。現代のわれわれの不幸の原因はたいてい西洋文明の輸入に起因していると言って過言ではないと思う。西洋の文明に目の眩んだ人間を僕は今更とがめ立てしようとは思わないが、そのために自分達の持っていたすぐれたものを悉く失ってしまうに至っては沙汰の限りである。異人と交際して、異人の文明を輸入したことはわれわれにとってどうしても物の間違いだったと言わなければならない。」

バタ臭いコスモポリタンのはずのダダイスト辻潤の言葉として人びとはこれをどうきいたことであろうか。辻のナショナリズム回帰と見る人も多いようであるが、もちろん、江戸時代の札差という家柄に生まれてその町人文化の伝統が、西洋文明を拒否させるような言動となったかもしれないが、それとて権威にたいする否定の精神なしにいえた言葉ではない。文明開化の輸入から西洋思想一辺倒に、そしていままたマルキシズム一辺倒に凝りかたまった権威主義、官僚主義にたいして、西洋の否定という態度をあらわにして見せたのである。これでなければならぬ、という思考は権威主義の一歩であり、抑制と支配のはじまりである。もちろん、生まれたことに使命を認めぬかぎり、人生は自己の気まま自ままに生きる以外には目的はない、というこの論理に打ち勝つことは何者といえども出来はしなかった。ただ現世の栄達に完全に見切りをつけえた者においてのみ、その論理の上にたって自己を放下することが可能となる。そういう思想家として辻潤は明治、大正、昭和においてただ一人の人であった。彼に近親した人びとはかなり大勢いたし、彼を理解しようとした知識人もまた相当にいたはずだが、辻潤に至りうるもののなかったのは、彼ほどひろく知り、ひろく現世的絶望を摑んだ人がなかったということであろう。

資本主義の前の封建時代、資本主義の後の社会主義時代、そのいずれの時代にわたってもわが辻潤はアンチテーゼ以外の何ものでもない、とすれば彼の思想の時間的振幅はかなりに巨大なものとなるのではあるまいか。

ニヒリズムはその入口までは多くの人が立ち寄って見る思想である。しかし生涯をかけてそれによって生き死にを左右するまでに至ることは至難なものである。

私はそのことについて次のように考える。

辻潤はあるとき、こういう意見を強調している。

「僕は省みて自分がなに一つ持たない人間だということを痛切に感じる。名誉も地位も財産も、知識も腕力も美貌も技能もなんにもない男だ……もはや不惑の年に手が届きそうになっている。それにも拘らず尚一つ、若く美しくやさしい女性の愛を要求しているのだ。……僕はそういう女性を見出すまでは頭髪が悉く白くなり、顔面が皺苦茶になり、身体が痩せさらばえるまで、この地上を七転八倒しながら、呻吟《うめ》き苦しみながら、のたち打ちまわって浮浪しようと思う――恐らく、そのような女性の片鱗をさえ仰ぐことが出来ずに何処かの野末か陋巷に野垂死をすることになるだろう――そうなったら、それまでの話である。死んでから先のことは今から考えても追付かない。」（『浮浪漫語』）

私は辻の真骨頂はここにあると思う。彼は現実に失望し、現実の変革と人間性の変革に絶望している。絶望にしか値しないものと割り切っている。この割り切り方の当否には別の問題があるとしても、そう割り切った者としてのそれにたいする処し方は見事だったという他はない。

われわれは二重の理想にとらわれる。二重の理想とは、自分はこのように生きたいという個人的な生の拡充の目的と、社会生活をかくあらしめたいという変革の意欲、この二つの理想は決して二つに完全に分離できるものでもなく、その一方を欠くこと自体が成立しがたい社会観と見える。辻潤といえども若い日に明治の社会主義研究に伍したのは、明らかにこの二つを自分一個のなかに具現したいという希望をもったということである。しかし、マルクスやクロポトキンの夢に彼は絶望した。それらの科学的というべき思考の上のその可能性に信をおかぬ、という別な理論を彼が樹立したのではなく、辻は、短い個人の生涯において、社会改革の夢を追うことが人間性の喪失につながるだろうことを思ったのである。伊藤野枝が辻を去った理由の一つにはその夢を失った、覚め切った人としての辻の陰性な生の姿に耐え切れない重さ——マイナスの重量を感じたことのためであろうと考えることもできる。社会変革の夢を退けたとき、現実的生活において自分が敗北者たるべきことを辻は明らかに知っていた。その以後の彼の生活は、酔生夢死することだけが目的となったのであり、その生き方を追求して見事につらぬいたと、私たちは彼を理解したいのである。

私は辻潤の生き方の全部が鑽仰《さんぎょう》に値するものとは思わない。自己をふくめての人間の社会生活を根本から改革するという夢を見ることは卑怯でも無法でもないことを別に私は主張する。しかし、命の長さは五、六十年せいぜいと、辻の覚めた心境のすじ道を不当だなどとは考えない。この別れ道はそう深い根拠を必要としない。変革の夢を追う活動は変革に自己をかけることのできる者にとってのみ成立する。辻は変革にかけず、自己が自由に生きたいということに現世的敗北を期して賭けたのである。

巨大な国家権力やそれを支配する組織、これらの、到底及びもつかぬ相手に手袋を投げて、辻は退却したのである。自分の滅亡を覚悟して束の間の惰眠をむさぼることに意義を見いだしたのは、勇ましい改革者たちの夢を軽蔑したのではなく、彼らの人間性にある不信をもったからである。その最大のものは、自分自身であったであろう。その自覚が辻潤の一切の生き方を支配したと私には見える。

酔生夢死を理想したとすれば、一切の宗教やイデオロギーに対立した彼の思想として、それを捉えるところから、改めて辻潤を考えたいと、私はひそかに思う。

辻のまねはできない——これがある時代の青年の彼に向ける軽蔑であり、鑽仰であったのである。


（一九六五年）

ニヒルの群像

評論家新居格には『アナキズム芸術論』（一九三〇年）という小著があり、そのなかの「アナキズムとニヒリズム」において、はなはだペシミスチックな次の言葉をのこしている。

「……正確にいえばたった一人の人間がたった一人の人間さえもほんとうに理解することは難かしい。いや不可能であるというのが僕の体験から来る嘆声である。」

これを読んだとき、ひどくニヒルな思いを感じた覚えがある。また彼は同じ文章のなかで「もしもほんとうに自己の思想に忠実なるものは自己の思想の理解を求めないであろう」ともかいている。つまり新居は、理解されざるがゆえの孤独の彼方にニヒルを感知した人だったようである。

そのようなとき、人は自己の存在のみを確認するが、自己が確認される間はまだいい。自己を確認しているはずの自己の存在に信をおけなくなったとき、自己はもちろん、自己によって認識される外的世界の一切が疑わしくなる。それを不信するに至ったとき、人はニヒル以外の何ものをもてなくなる。

私は幸運にもまだこのような思惟にとらえられたことはなかった。ほんとうは自己をまで疑うときの自己が何であるかを論ずることなく「自己」をうたがっているることは笑止千万かもしれない。新居格はもちろんこの程度のことは十分知りつくしてかいていたのだろう。そう思って私は従来しばしば彼の壮年期の主張を心に止めてきた。「アナキズムとニヒリズム」のなかには記憶にとどめておくべき言葉がなおいくつかかかれている。

「さきに僕が……『社会運動と虚無思想』を発表するや、かなりの誤解と反撃とを受けたのである。……僕の所論は虚無思想なるが故に資本主義組織の不合理すらも無視するものとして、……或るアナキスチックの思想に立つらしく思われる雑誌から排撃されたものである。」

「……ニヒリストはテロリストと同一視された。観念の混同は何事にも免かれぬ。アナキズムの考察がニヒリズムの考察と混同された時代にはクロポトキンはニヒリストの範疇に入れられてしまいもする。……日本の警視庁はかつてダダイストの詩人とアナキストと目さるべき人たちとをちゃんぽんにした。類縁的局面をたまたま思想の一角に示すが故に……。」

「……僕は東洋に於ける虚無思想である老荘の所説をかつて読んだことはない。……僕の虚無思想は革命感情を強めこそすれ、弱めないと結論したのであるが、……虚無思想なるものが革命感情を稀薄にするとはいい得べきかもしれないのである。さすれば、革命感情を弱めることにならない僕の虚無思想はあるいは所謂虚無思想からは離れており、それを僕だけが一種の虚無思想なりと自称しているのかも知れないのである。」

「……権威それは宗教的方面にあらわれての神だ、それが政治的現象化を執っての権力だ。だから一八四八年にヘルチェンとバクーニンとによってなされた宣言はその二つを共に否定しているのである。……『神の観念を否定せよ、然らざれば自由はあり能わぬ』……『力のみがある所の権利の思想を否定せよ』と。さらに彼らは文明と財産と結婚と道徳と国家とをも否定した。」

「ダダイズムは一切の否定ということに於て虚無思想である。あるいは最も完全な虚無思想であるといえるかも知れないのである。……彼らは四周の世界を侮辱するばかりでなく自分自身をさえ侮辱する。そうした彼らには彼らを囲む国家の法則を無視し侮蔑する。そして彼ら自身には歓びらしい喜びもなければ悲しみらしい悲しみもない。ただ本能が激動する。利那利那に動いてゆく感情の生活が推進する。……それがどうして発生したのか、誰によって、何処に、……それはその道の学究に訊くがいい。僕の入用はダダイズムが近代の虚無思想だということが分かれば足りるのである。」

「……僕の指称したいニヒリズムはダダイズムのそれと大いに違うという点である。……僕のニヒリズムは刹那的ではあっても、そしてそれが希望的でなくもまた必ずしも絶望的でもないからである。僕は権威と個人的価値観を離れた実感のドン・キホーテ主義だからである。」

明らかに新居格は自分について、ニヒリストではないといっている。同じころ他の場所で自分はアナキズムを所信とするとしばしば述べている。しからば彼をニヒリストとして扱うことは不遜にすぎるかもしれぬが、二つの面において彼をニヒリズム的思考者ということは許されねばならない。彼は「価値観」ということについて以下のように述べている。

「……僕は常に価値観を否定してきた。特に個人に即する価値観を、その中に個人氏名の過度の尊敬に病める人間の思惟を、崇拝心理の虚妄を。僕はこのことをかつての社会主義研究に発表したとき日本に於ける共産主義者の一人から大いに非難されたのであるが、僕はその非難によって改訂しなければならない何物もないのである。僕の思惟にしたがえば人々が価値とする所のものを意味とするだけである。したがって無価値とする所にも意味を見るのである。表現があるだけである。成功と零落、栄誉と不名誉というがごとき甄別《けんべつ》的な価値付はないのである。そしてそのことごとくが表現に過ぎない。幸福が価値で不幸が無価値であるという理由はないのである。」

かくいい放つことによって新居格は「実感のドン・キホーテ」たりえたのではないか。この実感のドン・キホーテは、かくあまたの言葉を費しながらなおもっともいいたくてたまらぬ一つの言葉をかくしている。いいえないでいた。それは「国家の否定」ということである。

レーニンは『国家と革命』のなかで、国家が死滅すべきものであることをいいながら、その死滅させねばならない国家を死滅させるための革命的手段をついにプログラムに載せることがなかった。彼は現実における国家の効用をあまりに利用しすぎたからである。国家の効用の上に革命を成就した者の一人として、国家の廃滅こそが革命であるという命題に根底からの信頼をおいたか？　それは疑問である。あるいは否であろう。いかようにに国家の消滅をいったにせよ、彼は国家の効用を最大限に利用して終わった人である。

一人の人間が一人の人間をすら完全に理解しえないことを理解した新居格が、民衆を支配する強大な形式たる国家権力の存在を容認するわけはない。しかし、彼の否定的な言辞が百万言いわれたにせよ、彼が「国家」に向けて悪罵と憎悪とを正面からぶっつけることをしなかった以上、彼を革命的なアナキストということにはいくらかためらわざるをえない。彼が観念世界での価値をいかほど転倒して見せても、現実にわれわれを支配し従属させている「国家権力」に激突せぬかぎり、彼の精一杯の努力は「否定」の埒《らち》をこえられぬ。彼のきわめて現実的な、ものわかりのいい、明るくて平易なニヒリズムから彼は抜け出ることはできなかった。その晩年、生活と精神の寂寥からキリストに近づいたといわれる新居格ではあるが、それは彼が当然否定しつくすべき国家権力の圧力の前に、個的な自己がみみっちく見えすぎたこと、また人間の生命がつきんとするときの未練が、宗教の非合理なるゆえに未知の世界へ思いを託そうとした程度のことかと思われる。

宮嶋資夫は、ニヒルにその精神を託しきれなかった小説家・アナキストとして私をとらえる。明治、大正、昭和を通じて彼くらい反権力な懐疑者は少ない。彼はもっとも下層に生きる者の自覚をもって、その下層の生活者の苦しみを脱却せねばならぬものと知っていた。大正初期にアナルコ・サンジカリズム運動に近づいたのはそのためである。彼は気短かすぎる理想主義者であった。また封建的な道徳観を払拭しきれない市井の住民であった。彼の傑作小説『坑夫』をよむ者は、自己嫌悪と叛逆の精神に心身を焼きつくして無惨に殺された主人公石井金次の最後において、ある緊迫と不安から解放される思いに出逢う。あのように非道な死をわがものとしなければならぬ思いに苦しみ通した石井金次を作者宮嶋資夫と同一視することもあながち間違いではない。

宮嶋は、明治前半の隆々たる日本国家よりも、社会主義、共産主義よりも、アナキズムを愛した。アナキズムよりも仏教に救いを求めた。そしてそのすべてに絶望したかに見える。彼の心は覚め、彼の心は求めた。何を、安心立命をである。だいたいそれが間違いである。安心立命を文明社会で求めるには、目をつぶり耳をふさぐことだけしかない。彼は目を開いて瑣末な不合理、いささかの反道徳、手前勝手、他に強いる犠牲等々を許すことができなかった。つまりあまりな理想主義の故に、失望をのみ己れに残す人となった。しかも文学、妻子、その他一切の人間的絆を絶って仏門にはいったはずながら破戒不頼の生臭坊主でしかありえなかったのは、その世界に向けてある完全なるものを求める心を忘れることができなかったからではないか。彼はそのあまりに人間的な善良な精神の欲望をニヒルにすることを忘れたがゆえに、はげしくニヒリスチックに生きて死んだのである。われわれはニヒルの世界にともすれば到達した心境の安心を想像しがちである。辻潤の生死の姿にはそれがほの見える。宮嶋資夫の妄執には、否定しつづけながらそこからへだたるむせぶような体臭があった。

　私はまたある日の詩人尾形亀之助を思う。一九二八年（昭和三）春の一日、当時東京市外世田谷のどこか、彼の家であった。妻に去られて一人の男の子と彼はいた。当時反詩話会の全詩人連合なるものが若い詩人たちによって結成され、尾形はその中枢にあってことを運んでいた。酒に酔い、泣き、のめない酒を私に強い、辞することを許さず、ひたすら孤独をおそれた彼。詩集『色ガラスの街』、『雨になる朝』、『障子のある家』をしかのこさず、それも自己から没却してついに文学とも政治とも、社会とも、かかわりを極減しつつ死に至った彼の生き方のあまりな隠退のゆえにかえってその存在の事実が印象づよく回顧されるとは、これまたわが「ニヒル列伝」のなかの一人たらねばならない。一九二八年某日、アナキストの小集団をつくって発行した一誌を仙台市の彼に贈呈したとき、彼の返書は簡単明瞭、「刷り物ありがとう」とハガキの隅っこに一行あった。それはすでに尾形が、われわれの遠き彼方に存在することを語るものであったが、私はふしぎにもその日から彼の死まで（昭和十七年十二月）の十四年、文書の往復なく、きくべき消息の至ることもなくて、尾形亀之助の存在を忘却しはてるというわけにいかなかった。彼は一詩人として私のどこかにいた。あまりに見事にあきらめ、軽蔑し、もちろん自己そのものの存在に苦しみながらその無価値を証するように、無為の生き方に徹したかに見えるこの非現代な精神は、彼自身のあずかり知らざる強烈さを放っていた。彼はしかしニヒルの底からアッピールするいささかの言辞も弄せずして消亡した。忘却されることをこそその本望としたであろう彼について、些少の筆を用いることすら、あるうしろめたさを私は感ずる。かかる論議の場に引き出さるることこそ、その忌むところかと思われる。無為にして化す、とは空白の巨大に比肩して生き死ぬものであるのかもしれない。

そして尾形亀之助への回想は、私とかかわりの最も遠い俳人尾崎放哉への連想を強いる。

咳をしても一人

入れものが無い両手で受ける

この無定形の言葉、自由俳句とでもいうのであろうか、これは率直に彼が乞食放哉たりしことを思わせる。粉飾をこそぎおとして骨ばかりになった俳句、のような生き方が尾崎の辿った生きる道だったとは、彼をここまでに追いやった、いや達成させたものは何であったかを痛烈に問いたくなる。

「尾崎放哉は一八八五年に生れ、第一高等学校を経て帝国大学に学んだ。卒業後は当然、低からぬ社会的地位を与えられた。ところが人間知性の過信を嫌悪する放哉は、秋風白骨に対するのきびしい社会への拒絶を敢えてした。ここに放哉がすべてを抛って乞食同然になり果てた所以がある。身を深々と透明な虚に置いて放哉は庶民旦暮の詩を詠った」とは『人間尾崎放哉』の著者上田都史の記するところである。ある生命保険会社の課長の位を捨てて京都の一燈園にはいったりしたという経路は、ニヒルに追われる放心的生き方をその心中に秘めている。結局彼は、いい古された、人間の無常におそわれた人のようである。死と生の無価値をはかりにかけて無為の生を取ったのだと私は解釈する。そこに怠惰といってしまっては間違いを持ち込むことになるが、自分のためにも人のためにも何もしないというマイナスのエゴがある。しかし彼はそのゆえにひとりで生き、ひとりで死ぬことをえらんだ。このエゴと無為は彼の後輩尾形亀之助をほうふつさせる。

田舎の小さな新聞をすぐに読んでしまつた
病人らしう見ている庭の雑草
かたい机でうたた寝して居つた
淋しいからだから爪がのび出す
ころりと横になる今日が終わつて居る
朝早い道のいぬころ

これが俳句か。俳句以外のなにものでもない。しかしこれは何だ？　たわごとではないか。田舎新聞が小さかろうと朝の道に犬ころが居ようと、からだの爪がのびようと。しかし放哉にはこのときこれらのこと以外に語るべきものがなにもない。ものごとに興味を示すとは、生きるものとしての反応を現実の諸事相にたいしてもつということである。これら彼のつくった俳句というものは、いかに生きている毎日が無意味であるか、しかもなお死へ急ぐことにさえ意味を認めぬとすれば、ありふれたことをありふれたこととして筆のすさびとする以外の、何ごとも彼には残されてはいなかった。心が澄むとか、言葉に宇宙を把握するとか表現するとか、それら現代俳句文学のもつ野望に用はない。彼には俳句は字数が僅少だから最後まで同伴しえたのであろう。心のさびしさ、ではない。生きている人間世間のニヒルを彼はこの小詩形の玩弄によって知らずしらずに表現していた、と私は我流にそう理解することにとどめる。

迷つて来たまんまの犬で居る
雀等いちどきにいんでしまつた

すでに放哉は人間世界をニヒルしていた。「肉がやせてくる太い骨」、それは死への近づきであり、しかし彼の意に介するところではなかった。終始自己に執し、自己をはなれることは死であることを示した稀なニヒリストであった尾崎放哉を、遠くにのぞむ心は、私のなかにも存在している。

一九三〇（昭和五）年五月生田春月が瀬戸内海に投身したとき私は、にがにがしく思った。死ぬやつがあるか、ニヒリズムだって死んじまっちゃ、それきりだ。私は親近感をもっていただけに春月の死が憤《いきどお》ろしかった。

その前年の十月か十一月のある夜、東京の牛込神楽坂のバア・ユリカ（逸見猶吉経営）で、はじめて逢った萩原朔太郎と私は向きあって酒をのんでいた。話は、アナキスト詩人萩原恭次郎や岡本潤のことから、宮嶋資夫に逢ってみたい、などという彼の一方的なことに終わったが、最後に「生田春月君の家にいって見ませんか」と誘われて同行した。しかし春月はその夜留守であった。いまひらいて見れば『ニヒル』には萩原朔太郎、生田春月がしきりに寄稿していたが、当時彼らにあった結びつきを私は知っていなかった。宮嶋資夫と辻潤、辻と萩原朔太郎、朔太郎と生田春月、それぞれの理解と親近感のなかに、あるニヒルな雰囲気と交友が生じていたことを私はまるで気もついていなかった。その誰とも知っており、遠近と落差はあってもその誰もが反権力、反国家の思想の上に立つ人びとであったことを、まるっきり見おとしていたとすれば（私はたしかにそういうふうに理解してはいなかった）、私のアナキズムが浅薄きわまりないものだったという反省を、いまごろ私は自分にいいきかせるしかない存在だったことになる。

その時期、私はたしかにニヒリズムをある軽蔑をまじえてしか共感していなかった。もっと積極的に、現実的具体的に、愛と拒否とを同時に孕むアナキズム思想を押しすすめなければならぬとひそかに期していた。ニヒリズムが反権力主義として発動したとき、無権力無支配という途方もなくユートピアな現実を夢想しうる力となって発条することに十分気づいていなかったのである。「『虚妄の正義』を岡本潤君に贈りました」と私に昂然と語った朔太郎の意にろくな挨拶も私はたぶんしなかったことであろう。私はその前年の「三国同盟」以来、辻とも出逢っておらず、このとき詩人朔太郎の憂愁に近よらなかったことを悔いる思いはいまも消えてしまわない。そのころ私の思考ははるかに道徳的でかつ幼稚であった。親しみはもちながらニヒルであることとの積極的な批評性と、さらにすすんでそれが総破壊に通ずる回天の思想を孕んでいるものだなどと、まるで気もついていなかった。朔太郎、春月のニヒリズムへの傾斜は彼らの自由への要求に根ざすところである。階級のたたかいははげしくたたかわれても、それが権力争奪に傾くかぎり、「詩人」の存在は拒否される。その恐怖、それからの脱出のためにはただ「否定」が楯となるのみであることを感じた人びとこそ先進者であったと私は思わざるをえない。ニヒルの場からすこしでもずれると、あの戦争への傾斜のなかに自己を失うことは、太陽とモラルの詩人高村光太郎の示すところであった。

ところで厖大な著作をのこしている武林無想庵ではあるが私は、彼については大正期の二、三の著書、たとえば『文明病患者』くらいしか記憶していない。その無想庵が雑誌『虚無思想』（一九二六年）の第一号に「N点」という短い文章をかいて、そのなかに、

「この上もう私は退屈するのがいやになった。退屈は貧乏と共に、この人生に於ける詛《のろ》うべき二つの生活状態である。人生に於いて、人間が若し是非とも脱却しなければならぬようなものの存在を認めるならば、それは必ず退屈と貧乏とであるべき筈である。」

といっている。四十年昔、この文章を読んで私は腹をたてた。「退屈を感ずる時間も能力もな

く追い立てられている人間もいるんだぜ」。世間は日本のニヒリストといえばすぐ辻潤、それから無想庵とくる。それに私は疑問符をつけたい。気ままな金持ちどものアンニュイな思想と、ついには自己をも世界をも拒否するに至るニヒルとをいっしょくたにされてたまるか。この私の感想が的確だったかどうかはやがて私が証明しなければならないだろう。

一九二一年（大正十）秋、千葉県稲毛の海岸に情死した野村隈畔《わいはん》の思考がまた私は気がかりでならない。彼の哲学的論索とこの情死とをつなぐものが、ニヒリズムでなかったと私はいいきれないからである。あえてこの「群像」のなかにその名を加えて、後日のための記憶をとどめておくこととしたい。隈畔とならんで、キリスト、クロポトキン、老荘とめぐって大正初期に自ら死んだ山本飼山《しざん》もまたニヒリスト伝中の一人として語るべきものを潜めているはずだ。

社会、世間、国家、民衆、力と多数とをもって表現されるものの一切に、それが革命運動であろうとも拒否する姿勢を全うした辻潤の到達と、自己の死とひきかえに権力の無価値を証明せんとしたテロリストの生き方と、どちらがよりニヒルであったかはそれは容易に断じきれるものではあるまい。テロリストはエゴイズムを捨てる、辻はエゴを生きた、という差はあるが、自己を否定しつくさなかったわずかな個所に辻の生きる時間が残されていたとき、その酔生夢死と、瞬間に己れを吹きとばすことを前提としたテロリストのニヒルとの軽重はなお判じがたいものを残す。辻潤は思考としてほぼニヒルを到達のかぎりにおいてとらえたかのごとくであるが、行動において自己を殺そうとはしなかった。

「ニヒルの群像」を描かんとするとき、行動による否定者たちの思考のニヒルは意外にとらえにくい。彼らはその行動に失敗して生きのこれば、すべて並の人の生活に浮沈してしまっていた。しからば彼らのどこにニヒルがあったのか。しかし、河合康左右《こうぞう》の『無期囚』、古田大次郎の『死の懺悔』がわれわれに与えるものは、それ以外には生きる目的をもつことのできない人間がいたことの証拠である。

ニヒルからテロルへではあっても、テロルからニヒルへではなかった幾多の実例の前に、この「群像」の正確な姿ははなはだしくぼやけ、拡散の思いがしないでもない。（一九六八年）

テロリストの文学

管野スガ子の獄中短歌

「『大逆帖』覚え書――父堺利彦の思い出をめぐって」（近藤真柄）という文章を読んで次のことに私は目をとめた。女の十九歳の若さで、一九二四年（大正十三）近藤真柄（当時堺真柄）は、軍隊赤化事件で市ケ谷に収監されたとき、五つしかなかった女監の独房の一つで、そこの監房のどれかにいたはずの管野スガ子のことを回想したのである（管野スガ子はそのときから十三年前、死刑を目の前にしてそこに坐っていた）。

「管野さんは、首をしめられる前日、こんな葉書を当時六歳の私あてに書いている。

『まあさん、うつくしいえはがきをありがとう、よくごべんきょうができるとみえて大そう字がうまくなりましたね、かんしんしんしましたよ。

まあさんに上げるハヲリはね、お母さんに、ヒフにでもしてもらってきて下さい。それからね、おばさんのニモツの中にあるにんぎょーやきれーなハコや、かわいいヒキダシのハコをみなまあさんにあげます、お父さんかお母さんに出してもらって下さい。一どまあさんのかあいいかおがみたいことね、さよなら一月廿四日』

私は人形や箱の記憶はないが、紋羽二重の羽織は、ねずみに近い藍色の菊模様をうかしたもので、久しく女学校時代の私のよそゆきの羽織となり卒業後は紫に染めて立しぼを加工して半コートに仕立てて貰い、ちょうど入獄ごろ着ていたものがそれであった。」(『自由思想』第四号、一九六二年二月)

死刑囚の形見がよそゆきの羽織になり、半コートになったという、その時期の社会主義者の生活と心情には、私にある回想を強いるものがあった。

明治の大逆事件の被告のなかにテロリストを求めれば、宮下太吉、新村忠雄、古河力作、管野スガ子の四人であろう。彼らの間にはいわゆる大逆の企図があったといわれている。そのなかで、もっともテロリズムに徹していた人といえば、それは管野スガ子ではなかったか。私は幾多の大逆事件に関する研究と報告のなかからそう読みとる。

そして彼女によって六歳くらいの幼い堺真柄に送るやさしい手紙がかかれたその日は幸徳秋水を先頭に古河力作に至る十一人が次々と、同じ市ケ谷刑務所の一隅で絞首されていたのであり、日没のため管野スガ子ひとりが翌日に延期されたのであった。管野スガ子は『死出の道草』(死刑宣告の一九一一年=明治四十四、一月十八日から同二十四日までの日記)のなかで、一月二十日に雪についていろいろな回想をかいたあと「前の日記から二、三の短歌を書き抜いて置こう」と、そこに二十三首を書き写している。それは短歌に力量を示すというほどのできばえではないが、囚われたテロリストの心情はこうもあったろうかと思わせるに足るものがある。

限りなき時と空とのただなかに小さきものの何を争ふ
いと小さき国に生まれて小さき身を小さき望みに捧げけるかな
十万の血潮の精を一寸の地図に流して誇れる国よ
くろがねの窓にさし入る日の影の移るをまもり今日も暮しぬ
二百日わが鉄窓に来ては去ぬ光と闇を呪ふても見し
野に落ちし種子の行方を問いますな東風《こち》吹く春の日を待ちたまえ

想像される、死刑を前にしてのテロリストにありそうなヒロイズムは、これらの短歌の表面には浮き出てはいない。かといって悟りすましたという態度でもない。その前日の日記で、「夕方、沼波教誨師が見える。相被告の峯尾が、死刑の宣告を受けて初めて他力の信仰の有難味がわかったと言っていささかも不安の様が見えぬのに感心したという話がある。そして私にも、宗教上の慰安を得よと勧められる。私はこの上安心の仕様はありませんと答える。絶対に権威を認めない無政府主義者が、死と当面したからといって、にわかに弥陀という一種の権威に縋って、初めて安心を得るというのは些か滑稽に感じられる。」

「……私には又私だけの覚悟があり、慰安がある。

我等は畢竟此世界の大思潮、大潮流に先駆けて汪洋《おうよう》たる大海に船出し、不幸にして暗礁に破れたに外ならない。然しながらこの犠牲は、何人かの必ずや踏まなければならない階梯である。」

とかいた覚悟が、意外に冷静沈着な、かといってけっして自負を失わない態度をわがものとさせていたのであり、彼女の短歌に底流する明治の唯物論的、反国家的、反軍的な思考も、またすこぶる明瞭である。と同時に、明治のロマン主義明星派の影響がそこに跡をのこしていることもまた次の数首の短歌が示しているところである。

雪山を出でし聖のさまに似る冬の公孫樹を尊しと見る
燃えがらの灰の下より細々と煙ののぼる浅ましき恋
更けぬれば手負は泣きぬ古ききず新しききず痛みはじむと

わが胸の言の柱の一つずつ崩れ行く日を秋風の吹く
廿二のわれを葬る見たまえと牛オロンの糸絶ちて泣きし日

これらの、甘くかつはげしく反逆する精神が明治のテロリスト管野スガ了の内面を貫く強靭な主体を形成しているのであるが、見おとしてならないのは、『死出の道草』のなかのどこにも、テロル―大逆の企図についての悔悟あるいは疑惑といったふうの所感は、ひじんも現われてないということである。

これはテロリストの堅い心情であろうと思う。自己を虚無の彼方に葬る行為に生も死もかけることに、悔悟や疑問がもしあったとしたら、それはテロリストの資格に欠けるものだといわねばならない。

いま、安保反対運動が澎湃《ほうはい》たりし年を昨年に見た一九六一年の冬から春にかけて、テロルは注視と論議のなかにおかれているが、それは、殺す、という行為が非人間的で反民主主義的だ、というところに、ほとんどの論者たちが立脚している。これを裏がえせば、現状の社会秩序維持のためにすべての論議が終始している。現代にたいして変革の必要を痛感しているものの観点からするテロルの批判、反対ないし賛成の意見はほとんどきかれない。だから右の刃傷、左の集団暴力という言葉が合言葉めいて衆口が一致しそうな傾向さえ生じつつある。

私といえども世間なみにヒューマニストであるのだから、したがってテロリストの所業を私のその立場から全的に正しいとはいわぬつもりである。にもかかわらず、私のなかのどこかには、きっぱりとテロリズムを否定しつくさない思考が生きてのこっている。だから私はテロルの問題を内にくぐって探らねばならぬと考えるのであり、テロルの問題をわが内部に探ろうなどと思う自分は何者であろうかと再思もするのである。

日本における最近の右翼テロルの発生の原因を、わが国の精神史に分けいって、明治維新以前から日本の思想史に錯雑していた国学の伝統——神道や、また仏教の現世を仮の宿とみる伝統などのなかで形成されてきた、暗い精神史のひずみと戦後の民主化の不消化の部分とのかかわりあいに求めようとする思考がある。それはまったくのあてずっぽうではないかもしれないが、しかし、いま私が私のなかに省みて、「テロル」を否定しつくしてしまわない私自身に気づいたとき、私はまだ的確にその由って来る理由を自分にむかって説明しきれずにいるのであるが、未だ漠然とながら、その解明の方向すらわからぬなどというのではない。

たとえば、テロル（または暴力）は左右を問わず許せない、というひろい発言にたいして私の内部でつよく反撥するものがある。その反撥の根を追求してゆくとき、圧迫される階級に属する者の感情と言い分がそこにあるのだという事実につきあたる。弱者が強者と向かい合うとき、その手段としてテロルをとったとき、遂行者自身は、己れを捨てている。己れを捨てざるをえない。この己れを捨てるということの犠牲的思考への同調が私のなかにあって、人を殺すという大事に目がくらみやすくなっているかもしれないのではないか、と設問して見たりする。だが、私自身のもつ問題としてそれはもっとふかく、もっとひろく、ばくぜんとしていながら、現在論じられているテロルについての諸家の見解と次元がいくらかズレているという思いにとらわれる。

過誤をおそれずいえば「民主主義」のとらえ方において、落差があるのではないかと思う、彼らと私の間に。あるいは私はいわゆる民主主義を否定せねばならぬところに進みつつあるのではないか、などという思いも湧いてくる。

組織における、資本力における、はるかな優越、したがって現社会における支配的力としての強者は、わが国において現在ほとんど絶対的にすら見える。その絶対者的権力の側には被圧迫階級の平穏を望む意識までも民主主義の名目によって、彼らの側に組み入れられているかにも見える。テロルを撲滅せよという、今日の一般的常識の風潮に、私のなかの何者かが小さく反撥するのは、民主主義の名による支配と暴力にたいしてささやかなテロリズムが刃向かうときの見取図が、あまりにも強にたいする弱の、大にたいする小の、よわよわしすぎる対比でしかない現実に、私が気づいているためかもしれない。

また、私の思考のどこかに、右翼テロはテロルであるのか、という感想がひっかかる。テロの右翼の背後を洗えというとき、軽々しくそれをいう人びとといえども、そのテロルの使用者が強力な社会的掠奪者の側につながっており、その幅ひろいもすその襞にひごされるものだという経験上の判断と、それがかつて強大な支配者との因果関係をあばかれたことがなかったという記憶をもっている。地主や資本家、それにつながる政党、官僚（敗戦前ならば軍部）と無関係にかつて存在したことがなかったものが、いわゆる右翼であり、愛国を売りものにする不耕貪食のともがらではなかったか。

管野スガ子が死刑を明日にひかえて市ヶ谷監獄で短歌をかいていたということは、自分らの企図が破れてもそれは恥ずべきものでなかったという覚悟の上に安心立命していたことではないか。辞世の歌としてではなくとも、いまは何事も為すなき日において、短歌にだけ託しうる生との告別の声を彼女がもっていたのである。私ごとの刑罰にあらずして刑死したただ一人の女性管野スガ子は短歌にも託して、なお国家権力の許すべからざる存在とその矛盾について追求した。「十万の血潮の精を一寸の地図に流」す戦争国家の正体を死を賭けても管野は見すごせなかったのである。「野に落ちし種子の行方を問ひますな」とは、これこそ後につづくを信じえたものの声である。そして彼女の歌のどこにも、失敗者の泣きごとはなかった。

（一九六一年）

金子ふみ子の回想録

一九六〇年代の日本は、資本家階級の絶対的とすら見える支配下にありながら、その国家全体が、太平洋戦争に至る侵略の失敗を負い目として国際外交場裡に謹慎するもののごとき姿態を見せている。この控え目のなかには東洋の独立国家日本の主張などをひけらかすことも少なく、追随的に西欧、アメリカ側に与するという方針のもとに、きわめて支配者側として実利的現実的に動いている。植民地を放棄した戦後の日本国家は、国内の民衆に権力を振るえば足りる、という一面好都合な現実の上にある。かつて起こったような他民族とのトラブルから国内政策のみに解放されたことは、日本の支配階級が国民を統治するに戦後の好条件の一つでもあるはずだ。

しかし金子ふみ子の有名な獄中手記は朝鮮が日本の植民地であった大正の末期にかかれたものである。

一九二三年の関東大震災における白色テロルは大杉事件、亀戸事件、朝鮮人の大量虐殺に集約されるが、この三つは、現われ方はちがってもその根本は支配階級あるいは軍部の積極的な予約的防衛的手段であった点では、一つのものであった。なかでも極度に大きかったのは全国にわたる朝鮮人ごろしである。朝鮮人であることが虐殺される理由となったということと、日本の民衆が、誘導されたにしろ、その虐殺に加担したという事実は、忘れることのできない戦慄としてわれわれの自己の身内をつらぬき走るものがある。朝鮮対日本の歴史の背後にこの戦慄はいまも断続しているはずである。明治はじめの征韓論以来、権益、占拠、併合の過程を辿った支配の歴史のなかに、征服したというおごりと、そのことにたいする民族的な報復へのひそかな怖れとがないあわされて形成されたものが、ヨボとか不逞鮮人とかいう軽蔑と警戒との両極端な表現に示される日本人の対朝鮮人感情である。それにしても、内地に来た鮮人労働者（日本人の移住と圧迫で生活手段を失って国を捨てた）にたいする扱いは、賃金その他労働力の搾取事情において、また社会生活において、ひどい差別待遇を当然のごとくにした。鮮人部落は怖いもの、汚いもの、という観念はそこから必然に生まれた。

　朴烈事件は、これらの歴史的な圧迫と搾取の事実にたいして朝鮮人が何かの機会に反逆し暴発するかもしれないことを日本の支配者が予想せざるを得なかったということを根底として考えられねばならない。

　朴烈と金子ふみ子が東京府下代々幡町富ヶ谷（現在渋谷区富ヶ谷）の家から検挙されたのは、一九二三年九月一日の大震災の数日後、バカげた流言と騒擾——朝鮮人による陰謀のうわさが相次ぐ余震のなかで庶民を興奮させているときであった。はじめは彼らが不定期に刊行していた『太い鮮人』(『不逞鮮人』を改題させられたもの)による治安維持法嫌疑ということであり、そのうちに全国にひろがった朝鮮人虐殺とともに、彼らにたいする取り調べの模様が変わって爆発物取締法違反で起訴され、それが一九二五年(大正十四)七月には大逆事件ということになった。

日本国家は大量の鮮人虐殺の責任と国際的なキリスト教団などの調査、詰問への暗黙の回答として、朝鮮人間に大逆の企て、が好都合でなかったとはいえない。ちょうど在京の朝鮮人アナキストとして注目されていた朴烈夫妻が捕えられていたのである。

「不逞鮮人」という、そのころ独立運動や社会主義運動に加わった朝鮮人にたいする内務省あたりの称呼を、進んで誌名とする鮮人アナキストの片言隻句から、大逆罪を引き出すくらいの創作は、幸徳事件をモノにした手口からすれば、さほどの難作業ではなかっただろう。その不逞を心奥にひそめる朝鮮人は溢れるほどいたであろうからだ。

朴烈と金子ふみ子にたいする判決は捕縛からまる三年近くかかって一九二六年三月二十七日に死刑の宣告となり、四月五日には天皇御仁慈の特赦で無期となった。その特赦状が市ケ谷刑務所内で二人に手渡されたとき、朴烈は穏やかに受けたが、ふみ子は特赦状をビリビリとひき裂いて捨てた。係官があわてて朴烈からもそれを取り上げたという事実は戦後まで陰蔽されてきた。それからまもなく栃木刑務所に移されて、その年の七月二十六日早暁、金子ふみ子はそこで自ら縊死したのである。数え年二十三歳であった。

ふみ子が残した獄中回想録は五年後の一九三一年（昭和六）七月、彼女自らのそのあとがきのなかの言葉をとり『何が私をこうさせたか』と題して刊行された。

「……これだけ書けば私の目的は足りる。

何が私をこうさせたか。私自身何もこれについては語らないであろう。私はただ、私の半生の歴史をここにひろげればよかったのだ。……

間もなく私は、この世から私の存在をかき消されるであろう。……

私は今平静な冷やかな心でこの粗雑な記録の筆を擱《お》く。私の愛するすべてのものの上に祝福あれ！」

この言葉によって、この手記が判決前に、判決の結果を十分覚悟した者の言葉として、市ヶ谷刑務所の未決監においてかかれたであろうことが想像される。この七百枚に及ぶ長篇の自伝回想をつらぬいて迫ってくる憎悪の感情は生やさしいものではなく、大逆罪を適用されるべき企図が彼らになかったとしても、すくなくとも獄中における金子ふみ子が、すでにテロリストであったことを、信じてうたがわせないニヒルではげしいものがそこには横溢している。栃木の刑務所に移される前、この回想記を宅下げするにあたって、つぎのようにもかいているのである。

「この手記は天地神明に誓って（もしそうした誓ができるなら……）私自身のいつわりない生活事実の告白であり、ある意味では全生活の暴露と同時にその抹殺である。呪われた私自身の生活の最後的記録であり、この世におさらばするための逸品である。何ものも財産を私有しない私の唯一のプレゼントとしてこれを宅下げする。」

まさにこの言葉通り、ふみ子はこのなかで、まず汚辱に満ちた父と母のいつわりの生活、破廉恥《はれんち》と貧窮のどんづまりの人間の、底のしれない堕落を描いて見せた。明治、大正の日本に底流して庶民の生活を押えつけるひそかな封建的な身分感情と男女関係の不平等を説き、いくらでも転落し、底の下に底のある、限りない貧しさの体験を述べた。道徳などがウソッぱちの寝言にすぎないことを、また空腹のためにはウソも平気でいえることを、語って見せたりする。父も母もオバもオジも、祖父母も、見栄といつわりでかためた人間の集団であることを身近い人びとによってそれを思い知った。己れをふくめて性のでたらめを、それを通して世間的な性道徳の反社会性を描いた。求める夢がことごとく打破されてゆく大人の社会の奇怪さを子どもの目で見つめることを幼いふみ子はすでに知っていた。

回想録は大きく三つに分けられる。幼いとき、朝鮮での生活、内地に戻ってから東京の苦学力行から社会主義的自覚にはいる時代。とりわけ力のこもっている朝鮮での生活の回想は、封建性の失せぬ日本の国家権力が、植民地朝鮮と朝鮮人にのしかかってゆく二重の圧力の下で、すぐれた資質をもったがために、いっそうはげしく肉親に、社会と時代とに、傷めつけられてゆく過程を、あますところなく自分の上に描いている。小学生の身で自殺を企てるまでのなりゆきは、よく生きぬいたと幼い魂に慰めの言葉をさえおくりたくなる。否、今日これを読む者がかえって、非人道的な酷使としつけの下に生きぬいた幼女の姿に慰められ、はげまされるだろう。たとえば、植民地官吏の家では祖母（父の母）によって、日本人の商人の子どもとは身分が違うという理由で、朝鮮人の子どもとは彼らが被征服民族であるという理由で、ともに遊ぶことも口をきくことさえも禁じられた。その家庭の朝鮮人にたいする奴隷視、そのことの回想と反撥は後にふみ子を、社会主義への目ざめとともに、二重の苦しみをもつ朝鮮人同志と行動をともにさせるに至ったのである。

朝鮮から山梨県下の母方の祖父母の許にかえされてからの少女時代以後の生活も、大人の色と慾の世界に半ばともに溺れ、そこから這いあがろうともがいた、むしろ健気な記録である。周囲も汚れ、自分も汚れる、やがてそのことからの脱出は、道徳やしきたりにたいして芽生えた底しれぬ不信に触発されるものであった。すなわち汚れと絶望からの人間的自覚というものであった。だから、文学として『何が私をこうさせたか』を読まねばならないと主張するのである。

若い女独りのあぶなっかしい歩きつきで、しかし傾きよろめいては立ち直り、絶望の底に愛を求め、否定の果てに喜びを求めて、最後に得たものがアナキスト朴烈との同志としての愛の協同生活であった。この永い回想は朴烈との出会いの、感傷的なある夕方で終わっている。さようなら、と走り去ってゆく朴を見送って、ふみ子は心に叫んだ。

「……私達はすぐに一緒になりましょう。その時は、私はいつもあなたについています。……死ぬるなら一緒に死にましょう。私達は共に生きて共に死にましょう。」

大逆事件の公判廷に在るとき、ふみ子の態度と陳述は、朴烈を越える冷静ときびしさをもっていたと伝えられている。その朴烈は戦後出獄して、南鮮から北鮮にはいったという。

朴烈事件に日本人同志として関連した栗原一夫が、ふみ子の回想記の序文に「一つの仕事をやり出したら、食事も忘れて没頭し切った。だが人生に対しては何ものの期待も持たず、むしろ絶望して、その絶望のどん底に苦笑していたふみ子——その生活、意地の強い、頑張りやの、それでいて非常に涙もろい赤裸に自分を解放していた人間ふみ子」とかいたことと思い合わせて、このはげしい金子ふみ子が女性であったということを私はそっと考えてみる。

巨大な権力につかまれてもがき死んだテロリスト金子ふみ子が、女の心の所有者、その生活者であったことを、次の詩はいくらか語るものではないか。

鏝と鋏

「××××が生前使ってたものだ」
そういって仲間は手にしていたものを畳の上に並べた。
それは古風な鏝と鋏であった。
鏝は赤く錆びつき、異様に太い鋏は手垢で黒く光っていた。
俺は今さらのように彼が女であったことを想い出した。
ここにも彼女が一生を懸けて苦しみ戦ってきた路があった。
叛逆児××フミが女性であったということは必ずしも偶然ではなかったのだ。
錆びた鏝を持ちあげてしずかに置いた。

（小野十三郎）

発表の自由のなかった日の詩のことである。伏字となっている××××に彼女の名を入れてみるといい。

（一九六一年）

村木源次郎の童謡

村木源次郎は文筆の人ではない。

その彼がかいた童謡ふうの戯詩について草野心平が『弾道』誌上で口をきわめてほめていたのはもう三十数年も前のことである。

『弾道』は最近伊藤信吉が角川文庫『現代詩人全集』第六巻の解説で「アナーキズムの文学、アナーキズムの詩という場合、その概念の設定に、どの辺までのひろがりをあたえることが可能だろうか。あるいはどこまでその純粋度をしぼることができるだろうか。……このひろがりの中でアナーキズムの立場をほぼ直線的にひいたのが『弾道』（昭和五年二月創刊）で、この雑誌は小野十三郎、局清を編集の中心にして、萩原恭次郎、岡本潤、伊藤和、植村諦、その他が執筆した」とかいているように、昭和のはじめに多くの特色ある詩人を輩出したアナキストらのそのもっとも代表的な雑誌であった。その誌上のプロレタリア詩の技術論争のなかで草野は、村木源次郎の作品を紹介しつつ、こうかいたのである。

「このすばらしい傑作！　この詩は吾らに分野とか技術とかを考えさせない。同時に又、それを考えさせる。こうした小曲風（分野）そしてイカックない表現（技術）――おお太陽とかなんとか言ったら、この詩ほど強い余インはないであろう」（「『詩の分野と技術』への反駁への回答」『弾道』一九三一年五月号）といって、これがテロリスト村木の作品であるということを知ってか知らずにか、草野が賞讃したその童謡は、次のようなものであった。

夏のお日様かんかん
　照らす
僕の友達ミケツと云って
赤い煉瓦のお家の中で
独り静かにご本を読むよ
夏のお日様かんかん
　照らす
僕は汗だく埃にまみれ
赤い煉瓦のお家をさして
一人よぼよぼご本を運ぶ
夏のお日様かんかん
　照らす

私はかつて『現代詩』（一九五八年十月号）に「テロリストの作品」について短文をかいたとき、大正末期のテロリストたちが、詩その他において、テロリストだからといって特殊な特徴があるはずもなく、また当時の文学の風潮とさほどへだたるわけもなく、わが国の一種の疾風怒濤時代だった日の、あたらしくかつ否定的で主観的な芸術主張の影響下に置かれていたと論じたことがある。その理由は、まだ若輩にすぎなかった当時のテロリストたちが、第一次大戦後のヨーロッパの新興前衛芸術の様式に、鬱屈《うっくつ》する反抗心のはけ口を見いだしたことこそ、当然だと理解したからである。

しかし、その大正末期のテロリストたちのなかにあって、村木源次郎の場合はかなり事情が異なってくる。年齢においても、社会的活動の経歴でも、大正のテロリスト団ギロチン社の人びとより一時代の先輩であった。

村木は横浜に生まれて、年少の日から熱心なクリスチャン、やがて社会主義に目ざめて神を去り、一九〇八年（明治四十一）六月の赤旗事件による一年の獄中生活、そして生涯の同志大杉栄とこのときにふかく結ばれた。

一九一六年（大正五）以後、アナルコ・サンジカリズムがわが国の労働運動に勢力を拡大したときは、彼はその指導的活動団体であった労働運動社の中心人物の一人であった。村木は弁舌の人でもなく、筆の人でもなく、オルガナイザーとして特殊な活動をしたという人でもなかったようである。しかし労働運動社の主ともいわれる特殊な存在であった。ほとんどの場合先立って自分の意見をいうこともなかったが、彼がしずかに断を下したことは、それが錯雑する論議をしずめ、方針を決定したと、生きのこっているアナキストたちの口からいまも伝えられるところである。人びとの主張と討論のなかから、行動に移すべきことを判じ、それに要する実力のいかんを測定したからであろう。穏健、柔和、しかも彼こそテロリストであったと古い同志の回想にいまも生きているのは、その彼の実行力と無私への信頼とにかかわるところであろう。

彼に伝えられるエピソードに、大正七、八年ごろの秋、対立のはげしかったアナ・ボル論争のなかに珍しくいっしょにロシア革命を記念する集会があり、たまたま壇上に出た村木が、ボルシェビィキの独裁を非難して、高畠素之にひどく野次られたことがあり、その翌日、彼は売文社に高畠を訪ねて無言でピストルをさし向けると、びっくりした高畠がものもいえず飛び上がって椅子からころげ落ちた（あいつはヤル奴だという評価が高畠をふるえ上がらせた）、それを見すまして、

「いや、冗談ですヨ。」

とピストルを懐中にして帰ったが、翌日警視庁からそのピストルを押収に来たというハナシがある。そのピストルがおもちゃであったとすればこれはまたいっそう面白い。

労働運動社の同志近藤憲二は、たまたま郷里福地山に行ったとき、原敬暗殺の号外が出て、下手人は村木だと思ってすぐ引き返したという思い出をかいていた。その犯人は村木ではなか

ったが近藤は、村木が運動における自分の役割をテロルに求める心境を知っており、首相原敬にたいするかねての心構えを察知していた、だからである。

ところがさきの七五調のやさしい童謡を読んだ人びとは、ここからどんな中味を汲みとるであろうか。この十数行に圧縮された、当時のアナキストたち、または社会主義者たちの生活の断面を生やさしいものと受けとることは、私にはできない。彼らは現在とはちがって国家権力にたいする反逆者であり、したがって失業者が多かった。ひそかな同調者のかくれた協力と、仲間の相互援助によって細々と、しかし堅固に結ばれて、活動をつづけたのである。非国民などといわれて、まともに人権も認められていなかった国家の下でアナ・ボルと対立しても、これら社会主義者の総数は少なく、力も弱い存在でしかなかった。

村木源次郎がアナキストのみに限らず未決や留置場に置かれている人びとのために、小づかい、日用品、書物などを差し入れて歩いたことは、その恩恵にあずかった人びとのいまも忘れぬ語りぐさである。おどろくほど丹念に彼はそれを実行しつづけたという。もし、「ひとりよぼよぼご本を運ぶ」というこの童謡を、そうした時代のそうした情景を心に描いて読むなら、この小さなウタのもっている内容は、同志愛の底ぶかいボリュームをともなって私たちに迫ってくる。

この童謡の作者がテロリスト村木源次郎であり、赤煉瓦のなかにとじこめられた友達や同志たちに、夏の暑い日を、差し入れに歩くその人もまた村木であることを私どもはイメージとして浮かべることができる。

大杉栄、伊藤野枝の暗殺の責任を問い、その復讐を関東大震災時における戒厳司令官福田雅太郎暗殺に求めた和田久太郎と村木源次郎は、中浜哲や古田大次郎らのギロチン社に協力しつつ、しかも独自に福田を屠《ほふ》らんとして苦心して一九二四年九月一日、本郷菊坂に二手に分かれて福田を待ち、和田が襲撃して失敗するや、村木はひとりしずかに、他日を期して拳銃をふところに片手に団扇、片手に爆弾の入ったバスケットを提げながら群衆のなかを脱出し、荏原町下蛇窪の家にひそんだ。そこで同月十日の深夜、まず古田が捕えられ、おどり込む多勢に蚊帳のなかに取り囲まれて、村木がピストルを擬すると、捕り手の警官らは一せいに伏した。村木はしかし発射せず、拳銃を垂れてしずかに捕縛された。そのときこよなくいとしんだ大杉の遺児七歳の魔子の面影が彼の眼底をかすめなかっただろうか。

一九二三年（大正十二）十月の『改造』――大杉栄追悼特集に「どん底時代の大杉」を書き、そのなかで村木はその幼子魔子におくるもう一つの童謡をかいている。

マコよ、独りで泣くのはおよし、
僕も一緒に泣かしておくれ、

パパに、好く似た大きなお目に、
露を宿して歔欷《すすりな》く時は、
僕も一緒に泣かしておくれ、

パパと、ママと、が帰らぬ事を、
僕が寝床で話したおりも、
マコよ、お前は頷くばかり、
涙見せない可憐《いじら》しさまに、
僕は腸断つ思い、

パパの、よく云った戯言に、
俺が死んでも、
ゲンニイ、居れば
マコは、安心、
大きくなる、と、
マコよ、今日から好い叔父様が、

パパの、代りにお前と遊ぶ、
マコよ、独りで泣くのはおよし、
小さいお胸に大きな悩み、
秘めて憂いの子にならぬよう、
ぼくも一緒に泣かしておくれ。

どのような思いで、村木と和田とは福田雅太郎にたいする復讐テロルを決行しようとしたのであろうか。私は和田と村木が、そのとき、革命とか、権力の転覆とかいうことを考えていなかったように想像する。関東大震災をとりまく支配者側のあまりに非人間的で尨大な惨虐行為にたいする怒りに燃えた、止むにやまれぬ行為だったと思う。わが子のごとくにも愛していたといわれ、いまは孤児の魔子にたいして子守唄をうたってやるようなその童謡の形式でしか村木が語らなかったものの背後にひろがっている日本の反逆者の無私の心境こそ、テロリストだけがもつ清涼なあるものである。わが生命と生涯とを一つの行為に賭け、行為そのものに全重量を懸けて、成否をあげつらう心をいまはもたなかった彼らであろう。歴史の上に立ってその功罪を思うには私にもうすこしの経験と時間とを必要とするようだ。しかし、村木源次郎の二つの童謡は、テロリストによってしかかきえないやさしさに満ちていたと私は思う。まったく文筆の人でなかった者の筆のすさびを「テロリストの文学」として記しておくのはそのためである。

（一九六一年）

白梻・田中勇之進

東京都江東区深川海辺町の一角で田中勇之進は戦後屑屋をやっていた。午前中から午後にかけて街を呼び歩き、午後三時ごろ問屋にその日のものを渡して家に帰り、好きな焼酎を飲んで眠るという日課を繰りかえして、戦後ずっと彼はそうした生活を送っている。現在の妻との落ちついた生活のなかで、郷里にいたころから好きでつくっていたという短歌をときどきかいてみることもあると私に語った。現在の生活は不幸ではなく、もちろん不満をひそめながらも毎日が不安ばかりではないといったところ、失敗ではあっても心身を賭けた日を過去にもつ人の心境であろう。いまいる家は戦後間もなくの安普請だが、三十坪ばかりの土地は稼ぎによる彼自身の所有になっている。一九六〇年に、東京にただ一人いたギロチン社の同志倉地啓司が死んでから、古い友だちとのつきあいというものもなくなった、といって先日の手紙のはしにこんな歌をかいてきた。彼の現在の生活と心境とを知るに足るものである。

所得倍増といえり然れどもわが生活とかかわりもなし

また、大阪在住のアナキスト久保譲が一九六一年十一月死んだことを知ったとき、彼は次のような歌をかいている。

かの友も逝きたりという便りあり今日ひたぶるに命愛《かな》しき

これらの短歌には自分に老境を感じつついるものの思いがある。だがときたま出逢ったときにはそういった自分の心境などについて語るようなことはすこしもなく、何となく今日現在安穏に生きているぞ、といったふうに、すこしの酒を楽しんでいる田中勇之進であり、あるときこんな歌もある、これでオレのことはいくらかわかるだろう、といいたげに次の二首を示された。

常世志が分数がわからず泣き居るにひたと向かいて父もかなしき

しゃくりあげしゃくりあげ泣く常世志に分数をおしゆ切なかりけり

年とって得た子どもに示す父親の情愛を田中がこのように歌い出す背景に、血気さかんの日にテロリスト団の一人として活動した事実をおいて考えると、この一人子への愛情こそ人生の終末にやや近くなって、いま平和な生活環境のなかに沈みこもっている自分に、何かを問いかけているひそかな心境を見る思いがする。いくらか酔いのまわったときの彼が、やや気楽な論調になって現代にたいする感想を語りはじめるときもある。いまの時代の住み難さ、底辺に生きている人びとの相互反撥のはかなさ、むかし同志を裏切っていま大手を振って世を渡っている者のこと、などの人間不信の思いをちらりともらすようなときもあった。ふだん彼はむしろ磊落《らいらく》で好人物の労働者として市井に生きなじんでいるとしか見えないが、彼の内部のどこかには、私たちが知ることになお不足しているギロチン社の亡き同志らについて語るときの、失敗談とその自嘲にこもるニヒルな自己主張が残留している。

田中は一九〇四年（明治三十七）に山口県の笠戸島（現下松市）に生まれ、早く父を失い、母の再婚に伴なわれてその家から萩市の商業学校を卒業したが、第一次世界大戦後の日本の社会主義や労働運動の昂揚の時期に、懐疑的で反抗的な気分を抱き一九二二年に上京して日本橋の東京逓信局監査課の事務員となった。そこで後にギロチン社同志となった上野克己と知ったが、山川均編集の『社会主義研究』を読んでいて、馘首された。当時はまだ社会主義を確固と信ずるにも至らぬ直情径行の文学好きの青年で、生活派風の短歌をつくっていた。その後神田錦町の三等郵便局で働いているとき、神保町で『自由人』（自由連盟機関紙）を売っているプロの作家の吉田金重と知った。加藤一夫の主宰する自由人連盟には中浜哲や塩長五郎、佐野袈裟美らがおり、同じころ河合康左右とも知り合った。やがて田中は郵便局をやめ、困ったときはやってこいといわれた河合をたずねて深川富川町の屑屋（問屋）高橋勝作の家に寄宿したが、そこにはプロレタリア社という看板をかけて世にすねた若者たちが幾人かいた。高橋の援助のほかは、彼らはいわゆるリャク（強請）によって共同生活をささえており、その仲間になった田中は年末に河合に伴なわれて行った三井の重役某の私邸から麴町署に留置された。

年が明けて、ようやくプロレタリア社にたいする警戒のきびしくなったのを避けて、浅草十二階下の香具師《やし》門脇一家にかくれて地方まわりに出た。彼に与えられた仕事は地方の都市の祭礼などで物売に人を集める、そのサクラをつとめることであった。そうしていて静岡で上野克己と出会った。上野は幼い日に生別した母の再婚先を訪ねたが、母は逢うことを許さず、田中が代わって頼みにいったが母はついに上野と逢うといわなかった。ペシミスチックになった上野を伴ない、二人で徒歩で帰京の途についた。二人合わせて二十五銭しかなく、姉を訪ねるという上野と沼津で別れて知らぬ人びとに一飯をめぐまれて箱根を越し、幾日かを経て東京に帰り、北千住の牛田というところに河合をたずねてころがりこんだ。そこがギロナン社の溜まり場となった家であった。中浜哲、古田大次郎、河合康左右、仲喜一、小西次郎、小川義夫、倉地啓司らとそこで知りあった。これという仕事もない青年たちが、狭い家で重なりあって眠り、食事のたびに二度ずつ飯を炊き、だが乱雑で不平のない生活だった。生活費が乏しくなると、何とか肩書を刷った名刺をもって会社廻りをやり、広告名義の金を集め、すこし顔が売れると一枚の名刺が五円、十円になり米一升三十銭時代にはそれでかなりの足しになった。すでにニヒルな心境におちていた田中は、この集団が暴力によって何かを企てる反抗者の群れであると知ってもたじろぐことはなく、りっぱにテロリストとして行動する決心を抱くようになった。彼は、権力者をもっとも憎み、支配し搾取する階級が成敗されねばならぬものだということが動かせない真理として自分をとらえることを自覚した。軍人、政治家、検察者も、不安なげに歩いている市民までも敵に見えた。憎悪に支えられてようやく生きている自分であるとさえ思えるようになった。

ギロチン社もいまは二十名近くになり、警察の目もしだいにこの奇妙な集団に注がれてきたので、やがて大部分が関西にうつり、田中もそのひとりとなって神戸の板宿にかくれることになった。

彼らはそのころ盛んになってきた労働運動について、労働運動は労働者の日常の生活を引き上げるためだけのもので、その活動は彼らを現状に安住させ、労働者から革命的情熱を奪うものだという見解をとり、そのころはげしかったアナ・ボル論争ではもちろんアナキズムを支持したが、大杉栄らのアナルコ・サンジカリズムとは一線を画しつつ、テロリズムを支持したのである。

中浜哲、古田大次郎をはじめ大部分の者が関西に移ってから関東大震災が起こり、そのどさくさに大杉夫妻が憲兵隊に殺されたことは、大分おくれて世間に知れ、その報をきいてギロチン社では報復手段をあれこれと考えた。向こうが不法ならこっちもだと、三重県松阪の甘粕憲兵大尉の弟を殺せ、と中浜哲が主張し、その実行者として田中勇之進がえらばれた。そのとき田中は暗い顔になった。当面の相手でもない、甘粕の弟ごときものに、という思いは無理からぬことである。

しかし決定されたことには違背しない約束のまま、田中は小西次郎に伴なわれて松阪に向かった。そのときのことは古田大次郎が『死刑囚の思い出』のなかでかいている。

「……二人は松阪に走った。四、五日して小西だけが帰ってきた。小西と別れる前の晩、田中は、述懐の歌を作って、僕たちに寄せた。……

彼には、今、父も母も兄弟もない。全くの孤独である。……天にも地にも一人の肉親もない彼が、どんなにさびしかったかは、充分知ることができる。自分の心を無理にむち打ち、勇気づけて、名もなき相手と刺し違えようというのだから、淋しいのもつらいのも無理はない。……それから、二日ほどして、田中はついに決行した。おしいことには目的をとげずに、かえって反対に自分が捕えられてしまった。」

その前後、亡き母をしのんでかいたという歌二首。

玉の緒の絶えなむとして見開きし眼に物見えずあわれ母君
天に地にただ一人なる愛し子の膝に手をおき魂極まれり

母の死のときのことを回想してかいたものであろう。

殺人未遂で捕えられた田中はギロチン社最初の犠牲者であった。古田の獄中記『死の懺悔』によれば、田中は白袴という号もつかって短歌の他に詩もかいており「一言に評すれば野性を帯びた詩人である」といわれ、コバルト色のルパシカを得意げに着てあるいてそれがよく似合ったということである。

ルパシカを着た詩人の田中白袴、四十年後のいまは頭のてっぺんの禿げた色の浅ぐろい屑屋の歌人田中勇之進、好きだった文学をやるときもないままに老を迎えようとする彼には、文学に代えたテロリストの自覚と行為がなお灼きついている。そしてわが子を愛する歌や亡き友を偲ぶ回想の短歌をときにふれて彼は、まだかくことであろう。過ぎた日の行為のはげしさのゆえに、彼の文学は消え、彼の短歌はその一線を越えることがついになくおわった。

（一九六一年）

酔蜂・和田久太郎

和田久太郎は一八九三年（明治二十六）兵庫県明石に生まれ、病弱で高等小学校も出られなかった。十二歳のとき大阪に出て株屋の丁稚となり、十五歳で酔蜂と号して俳句の運座に連なり、碧梧桐に傾倒、二十歳（一九一二年＝明治四十五）のとき同人の一人に加わって『紙衣《かみこ》』を発刊した。放浪、漂泊、自殺未遂などを経て、新聞配達、俥引、夜店の古本屋などを働き、堺枯川と知り、二十三歳で上京して社会主義運動にはいった。二十六歳（一九一六年＝大正五）のとき大杉栄のサンジカリズム運動に協力し、以後無政府主義者として活動した。関東大震災のとき大杉栄、伊藤野枝らが殺害されたことの報復を念として一九二四年（大正十三）九月一日、戒厳司令官たりし福田雅太郎を狙撃して果さず、捕われて無期懲役をいいわたされ、一九二八年（昭和三）二月二十日秋田監獄で自殺した。

遺著に『獄窓から』がある。

プロレタリア俳句

『日本プロレタリア文学大系』の第二巻（一九五四年）に和田久太郎の俳句が採録されていることについて、私はいくらか小首をかしげる。

今日まで「プロレタリア文学史」としてかき残されているものは、労働者文学にはじまった大正初期の新興文学が、共産主義者、無政府主義者、社会民主主義者および自由主義者などの共同戦線時代を経て、しだいにマルクス主義者の文学に結集してゆく過程を正統としているものばかりである。そのなかで、和田久太郎の俳句は、プロレタリア文学の名によるマルクス主義文学の流れのなかに、特別の注釈もなく置かれてよいものであろうか？　というのが、私のそれについての疑問である。

一九二一年（大正十）の『種蒔く人』にはじまって、一九二四年の『文芸戦線』の創刊、一九二六年から一九二七年にかけて繰りかえされた幾度かの分離と脱退による団体の分立、一九二九年（昭和四）のナップ結成による『戦旗』と『文芸戦線』の対立、アナキストの『文芸解放』の出発など、これらの変遷のときを通じて、プロレタリア文学の名を冠したマルクス主義文学の、それも主としてインテリゲンチャの文学掌覇への過程、それが今日まで歴史としてかき残されてきた「プロレタリア文学」の姿である。

前記『日本プロレタリア文学大系』の編集は、必ずしもこのようなマルクス主義文学の掌覇への道を辿ることのみをもって終われりとするものではないようである。大正末年ごろまでの共同戦線の時代を通じて無産者文芸勃興のために働き、その確立を促したナップ以外の人びとの活動を、忘れられようとしてきた歴史の無視と軽視のなかから掬い上げようとの意図をもつようであるけれども、その広義の意味でのプロレタリア文学の流れにおいても、和田久太郎の俳句がそこに並べられることには、いささかのたじろぎを私は覚える。それは私自身のなかに、プロレタリア文学といえばはなはだ政治的な内容と純芸術的文学の意図に訣別したものを、連想するものが在ったからだろう。

もちろん、アナキスト和田の俳句を、その反逆者的思想のために、プロレタリア文学大系に加えたのであれば、それはうなずけなくもないが、和田の俳句には、いわゆるプロレタリア文学的性格はあまりにも少ない。社会主義文学とかプロレタリア文学といえば、たたかう文学、扇動宣伝の文学と相場がきまっているなかで、和田の俳句はそのことからかけはなれ、むしろ個人的感懐を述べることに終始している。だからたとえその前史的な時期の部分に置かれるとしても、プロレタリア文学のものとして彼の俳句を見ることに私は同調できない。また和田の俳句そのものがそれを拒否するであろうと私は考える。

福岡県戸畑市（現在北九州市戸畑区）から出ていた俳誌の『天の川』（一九五一年八月号）掲載の瓜生敏一「明治末、大正初期の俳句雑誌（4）『紙衣について』」には、社会運動にはいる以前の和田が俳人酔蜂と号したこと、その同人に折柴・滝井孝作らがいたことなどが記され、そのころの和田の句として、

蚊帳の二階より六甲の霧ふかし
石流る芒路蟹涼しうて
萩の景と蜂景が動く砂遊び
萩の実に虫湧ける見ればいや照りて
門井ある凧店や冬木邸を前
天王山雪光る鶏に芝枯に

など、その後の和田自身も記憶から失ってしまっていた作品もあげてあり、それにつづけて、

「しかし、『紙衣』の句はもちろん、獄中吟にしても、酔蜂の主義や主張はこれらの句からは汲みとれず、かえって自嘲や諦めやニヒルが感じられるのは何故であろうか。俳句という東洋芸術の特殊性のためであろうか。」

という感想をもらしている。瓜生は主義や思想と同じ左翼的俳句をどうして和田がつくらなかったかを問題にし、たたかうプロレタリア文学というたてまえから、彼の作品を見ようとしている。だが私はそのことを、和田久太郎の境涯とその芸術観、文学観によるものだと理解する。プロレタリア文学と和田とのちがいもまた同じ理由からである。

和田久太郎が俳句をつくった期間は、酔蜂と号して大阪で『紙衣』の同人となって活動した二十歳くらいまでと、一九二四年九月に東京本郷で福田雅太郎を狙撃して果さず捕えられてから一九二八年（昭和三）二月に縊死《いし》するまでの未決既決の四年間。前後十年には不足するだろう。社会運動にはいってからはときに句をつくってみたことがあったという程度を出なかった。彼の社会運動は激しいアナキズムの宣伝と戦闘的なサンジカリズムの組織活動であり、晩年は身をもって敵をたおさんとするテロルの実行者であった。俳句をつくることはアナキスト和田の活動のプログラムのなかにはなかった。彼が俳句をつくるのは憩いのときであり、だから当然たたかう文学ではなかった。最晩年の獄中作品のほとんどは自己慰安の文学であり、自由のないその日ぐらしの心を休める花鳥諷詠であった。

その花鳥諷詠のなかに、テロリスト和田久太郎の精神が、どのようにうつくしく息づいていたか、それを知ろうとすることが和田の俳句、随筆などを読む者にとって、この上ない期待であった。

『日本プロレタリア文学大系』第二巻のなかでナップ系の栗林一石路や橋本夢道らの作品と並ぶことはいささか相互の作品の質にちぐはぐがありそうだ。「みんな今日の泥靴でだまりこくっている」（一石路）、「づきん目ぶかく雪に郵便くばりゆく生活」（夢道）、これらの生活俳句あるいはプロレタリア俳句と、和田が社会運動にはいったころにふとつくってみたという「馬は暖に尿す銀座の柳かな」「煙管のやにの流るるままに老いしなれ」には、ただ定形俳句と自由律や口語俳句とのちがいだけとはいえぬへだたりがある。意味の深浅や意欲の強弱の問題ではなく、作句の心構えと作品の質とに大きなちがいがある。和田の俳句は一石路や夢道よりも、上手下手は問題としてではなく、古いといわるべきものがある。

芸術観、文学観の質的なちがい、そしてプロレタリア文学といわれるにふさわしくないものが、和田久太郎の俳句のなかにはある。むろん、そのことが和田の俳句を低くする、ということではない。

句歴

彼の唯一の遺著として知られる『獄窓から』のなかに彼の作品は大方集められているが、また現に『日本プロレタリア文学大系』に収録されているのは、一九二五年（大正十四）九月に秋田監獄に行く以前、市ケ谷の未決監時代のもののみである。彼の遺著『獄窓から』は二種あって一つは一九二七年（昭和二）に労働運動社から発行（未決監時代の作品や手紙、手記）、もう一つは死後に出た改造文庫で、前記の書に秋田監獄での作品などが加えられている。ともに句集として出されたのではなく、獄中の手記、俳句、手紙類が年月順に並べられている。その他に自分でかいた略歴もあり、また「久太句屑」と題して、

「これは、僕の古くからの句を思い出して書き止めたものなのだが、馬鹿に少ない。も少し気の利いた句もあったと思うのだが、どうも思い出せない。然し、思い出せないほどのものならどうせ拵えものの駄句のみだったに違いなく、深い実感から流れ出して作った句は殆どなかったからなのだろうと思われ、淋しい苦笑が湧いて来る。」

と前がきして、一九〇六年（明治三十九）から、一九二一年くらいまでにかいたものを、思い出して、二十六句ばかり集めている。それ以外は全部獄中の作品、一九二四年九月から一九二八年二月二十日までのもので、辞世の句をふくめて最晩年の句には、市ヶ谷の未決時代とはちがって、内にひそんで自己を見つめようとする思いが、自然にたいする透徹した観察とかさなっている。

二十歳、一九一二年（明治四十五）の五月に「同人相語らい俳句雑誌『紙衣』を発刊して俳壇に気を吐く。然してこれ、僕の俳句に熱せし最後なりき」。また積年の病毒の結果、強い神経衰弱で自暴自棄となって自殺を決意して高知に至り、しかも死ぬことを得ず、乞食のように

漂泊して大阪にかえったと自らかき残しているような経緯で、株屋の店をやめ、その後は新聞配達などもやり、やがて一九一四年二十二歳で古本の夜店をはじめたときから堺利彦の『へちまの花』改め『新社会』の影響でしだいに社会主義に目ざめるようになったが、社会運動に身を投ずるまでの決心は容易ではなく、家や父母との関係について苦慮した末にようやく意を決したことを、次のようにかいている。

「……『新社会』への投書より堺氏との文通生じ、大阪の同志（全部で僅に四名）に紹介され、会合に出席す。一方大杉、荒畑等の発行せる『近代思想』、横浜の『解放』などをも購読し、又、大杉の名著『労働運動の哲学』『社会的個人主義』を購い、同志より『青年に訴う』『ゼネラルストライキと経済組織の未来』『労働階級の戦術』等の秘密出版を借読するに及んで、サンジカリズムの運動に全く心を奪われるに至れり。」

このようにして和田久太郎は社会主義の道にはいった。その一九一四年（大正三）という年は第一次世界大戦がはじまり、大杉栄と荒畑寒村が、大逆事件後の冬の時代のなかで『近代思想』を発行して、日本の社会主義の灯をようやくかきたてようとした翌々年で、その闇のくらさのなかに、わずかに夜明けの気配を感じはじめた時期でもあった。和田が社会主義に目ざめたすぐからサンジカリズムに心ひかれたことは、その後の彼の、激烈な闘争のコースをこのときに定めたといえることであった。

大阪での株屋の店員時代から、放浪および下層労働者としての生活苦の時代、つづいて社会主義―無政府主義者としての生涯において、緩急はあったとしても、ほとんどいつも悲痛なまでに苦難の道を求めたかに見えるのは、つねに一貫した彼の生き方でもあった。

現世に幸福で自由な人間の生活を将来したいと念ずる社会主義的理想のために、わが身の苦しみを苦痛としなかった彼の生涯には、悲劇的な雰囲気が強烈である。後年の獄中生活のなかで楽天的にも見える手紙や手記を友人知人にかき送ってはいるが、無期囚という特殊な境遇のために、いまそれらを読む者にはやはり悲痛なと思わせることがつよい。

思想の宣伝活動と労働者の組織活動に打ち込んだ七、八年間をなかにはさんで、二十歳前後と晩年の獄中で彼は俳句をかいたが、社会主義活動時代の和田と俳句作者としての和田に、ある断絶があって、文学を自分の活動の目的としなかったのだから「酔蜂の主義や思想はこれらの句からは汲みとれず」(瓜生)といわれたとしても、もしプロレタリア俳句などを念頭においていったのであれば、それはしごく当然のことであったというほかはない。

和田久太郎が俳人として存在した特色を、彼のイデオロギーが句の表面にあらわれなかった、そのところにあったのだと、むしろ私は考えるのである。

彼は、俳壇の流派をたどっていえば、碧梧桐の新傾向のながれをくむ人である。若い時代に同人となった『紙衣』もそこによりどころをもっていた。しかし、彼が十五、六歳の頃から俳句に興味をもち、そのはじめに導かれた人びととの関係からだったということだけではとどまらぬものがそこにはあった。ふかく、俳句についての当時の新しい流行や主張が和田にとって理解されていたか否かは問題外としても、無中心点という、より自由で積極的な主張が彼になじみやすかったのではなかったか。

わずかな小詩形のなかで、新しいもの自由なものを求めたところに、時代の流れとともに、年少の和田久太郎の性向があったのだと私はひそかに思う。そしてその後に飛びこんだ無政府主義運動の時代を経て、無期囚としての環境にあって俳句をつくったときには、いまは俳句の形式や主張の上の対立などは問題ではなかった。『獄窓から』に収められた句は新傾向俳句の特徴を見せるようなものではなくなっていた。

俳句をその特徴によって、芭蕉的、蕪村的、一茶的と類別するとすれば、芭蕉の士魂にたいして蕪村は町人的であり、一茶がさらに下層民衆の息吹に通うものをもっていたのは、その生活感情の移入のためである。和田久太郎の句境には、どちらかといえば一茶的というべきものがあって和田自らも、一茶を好むと獄中通信にかいている。雀や燕、羽虫や蝿などの小動物の姿態をよくとらえていること、ひょうげた擬人的な表現をときどき用いて親愛感を示していること、あるいは「僕は、泉鏡花の初期の小説が好きだ。田岡嶺雲の銀漢の如き熱筆が好きだ。アルチバセエイフの深刻味が好きだ。これ等は皆な、僕の求むる『悲痛の感激』を文えてくれる」といい、また「僕も芭蕉の句が好きだ。が、もの言えば口びる寒し秋の風　などという、人口に膾炙される句ほど嫌なものはない」といってのける。また、

「僕は芭蕉より一茶が好きだ。一茶には俳人臭い気取りが少い。彼の句は、その笑いも、悲歎も、憎しみも、皆真情のままに吐露されている。」

「悲歎、にくしみ、を現わした句は素よりその笑いの句をも通じて、その中に流れる一茶という人間の悲痛味を如実に感得する。」

とも述べている。

一茶に、気取りが少ないかどうかは問題のあるところだが、彼が一茶を好んだ理由は、その生いたち、流転的生活その他の境遇の似かよいもあったようだ。一茶の「やせ蛙」的な自覚に彼がたっていた点からも、親しみをもったのであろう。そして和田の俳句は、自然鑑賞のなかにも滑稽味があり、自虐的な嘲笑さえまじる点では一茶と何ものかの共通するところもある。一茶と和田との比較論ではないから多くいうをさけたいが、ただ一言すれば、一茶につきまとった封建時代の庶民の、はけ口のない、だから身近な周囲に向けるじめじめしたエゴイズムは和田久太郎にないものである。社会運動のなかでそのようなものは一応はらいおとしている。和田の、自分自身の内部の封建的で些末な感情との格闘が行なわれていたからだと思う。だからこそ、一茶の卑怯未練と、そしてその反面でのあまりにも人間らしさの吐露にひかれたので

あろう。

和田の俳句には問題がもう一つひそんでいる。

碧梧桐の新傾向俳句から出て一茶的庶民俳句を目ざしたところに、テロルに失敗して捕えられた後の、自己放棄と韜晦が、そこに見いだされるような気がする。それは、和田にとって俳句が、獄中生活の玩具であったことを意味する。いまはそれのみが逃避の道であり、それ以外は与えられぬただ一つの玩具、彼自身をあそばせる彼の俳句であった。

無期囚の、発表するあてもない獄中の俳句つくりである。にもかかわらず、日常の起居や毎日食うメシや菜のことから、草や木や、虫や鳥のこと、風のうごきや空のいろ、見えるかぎりのものが材料となり、対象となった。対象、と私はいうのだが取材としての対象ということのみではなく、これは俳句をもって語りかける獄中生活の話し相手でもあった。いやもう一つ、無期の囚人となって下獄した一九二五年九月からの和田久太郎にとっては、はるかな年月の果てのその向うに待機している死というものの、彼へ話しかける無言の圧迫があった。俳句をつくりつつひそかに彼はそれと対決していた。その圧迫に抵抗するに、それは俳句という武器ならぬ武器であった。同志たちとは押しへだてられて死別生別であった。かよいあうべきものは、ただ検閲によって部分部分を抹消されて届く手紙だけ、しかも彼自身の獄中通信がどのていど墨でぬりつぶされて届いているかさえ知るよしもない境遇にあり、自分のおかした失敗を自嘲しながら生きていて、生きる望みのない生活のなかで、俳句というものを和田久太郎はつくったのである。

テロル失敗の無念残念はあったとしても、アナキストとしての生涯への悔恨はなかったであろう。とすれば、ときに生理や欲望にさわぐ心はあったとしても、和田の心境は澄んでいたかもしれぬ。

和田久太郎の俳人としての生涯を以上のように簡単に叙したところから、私は彼がのこした俳句を改めて読むことができると思う。その自然観賞の行きとどいた静かさを理解することができるだろうと思う。

プロレタリア俳句が現実社会の階級的矛盾をうたうことの上に立とうとするとき、和田の俳句は生と死の前に立っていた。たたかおうとすれば和田久太郎は自分としかたたかう相手をもたなかった。

自分のなかで生の執着にあせるものと、敗北を諦観してしずかにときを待とうとする自己との対峙のなかに、和田はいたのである。和田久太郎の俳句の場はその自分のなかにのみあったのである。

「あくびの泪」

『獄窓から』のなかに「あくびの泪《なみだ》」と名づけて短歌をあつめた一章がある。「あくびより湧きいでにたる一滴の涙よ頰に春を輝け」という序歌をつけて百五十首ほどが集めてあるが、和田の短歌はどう見ても俳句ほどの洗練がない。

『獄窓から』（一九二七年三月、労働運動社版）を芥川龍之介が東京日日新聞（同年四月四日）に評したとき、

のどの中へ薬塗るなり雲の峰
五月雨や垢重りする獄の本
麦飯の虫殖えにけり土用雲
しんかんとしたりやな蚤のはねる音

の四句をあげて、

「和田久太郎君は恐らくは君の俳句の巧拙など念頭に置いてはいないであろう。僕もまた、獄中にいる君の前に俳談をする勇気のないものである。しかし君の俳句は、幸か不幸か僕を動かさずには措《お》かなかった。僕は前にもいったように、何も和田君のことは知っていない。けれども僕は『獄窓から』を読み、遠い秋田の刑務所の中にも天下の一俳人のいるこ

とを知った。」（『芥川龍之介全集』第八巻）
といって、これはなかなかの賛辞である。批評にきびしくまた俳句に造詣のある芥川が、無期囚の和田にある同情をもったにもせよ、「秋田の刑務所の中にも天下の一俳人がいる」とまでいったことをお座なりのほめ言葉とのみ思うわけにはゆかぬ。芥川が和田の俳句を認めたのは、どたん場に置かれて生きる和田の到達した心境の、その表面の何気なさのうちにこもる生への執着の一途さではなかったか、とひそかに私は思う。

燃焼的な生涯という言葉が和田久太郎ほどにぴったりする人はめったにあるものではない。幼いときから真摯で捨身な生き方は、社会運動にはいってから、ますます激しさを加えたが、「故人追憶」（『向日葵の書』）のなかで江口渙が「久さんの一世一代の恋愛」といったそのことにもまた、和田久太郎の捨身で、反抗的な生き方が躍如としている。

『獄窓から』の「あくびの泪」のなかに「彼女の歌」として次のようなのがある。

（浅草の頃）
得飲まざる我れを嘲けり「飴ちょこを甜めて居なよ」と酒をあほりぬ
「あたいだつて本を読むよ」と投げ出しぬ霞お千代が出刃をかざす絵
ぬばたまにほのと浮べる辻占の紅提灯を見つめて答えず

病院に行きは行きしが苦が薬皆な捨てたりと言いて噤《つぐ》みぬ

と詠まれているその「久さんの恋人」は、まったくたいへんな女だったようである。当時の浅草十二階下の女であったというから、その知識程度も「あたいだって本を読むよ」というところであったかと思われる。だが和田の思いはこれらの歌にあふれてわれわれをうつ。当時の常識からすれば、下司で下品で「苦い薬はみんなすてたよ」というような捨てばちな女に和田は真剣な愛情を注いでいた、と江口渙は観察している。

はげしい境遇のなかで、三十歳を越してはじめて恋愛する和田については、後に宇野浩二もかいていた。

「大正十二年の二月、江口が那須温泉に滞在していたので、私は江口を訪ねて一週間ほど那須で暮らした。……普段の江口なら『和田が来ているよ』と言う筈であった。ところがその時、江口が、散歩の時、無駄話をしている時、和田を呼ばなかったばかりか、和田の名さえ云わなかったのは、和田が、『生れて初めての、同時に生涯の最後のものであろうと思われる、血の出る程に真剣な恋愛を発見し』ていたからであった。」(『文学の三十年』)

このように、和田にたいして先輩らしい思いやりを江口渙は示していたようである。江口にそうさせる真剣なものが、十二階下の商売女を相手とする和田の恋愛にはあったということである。病気のために那須温泉に出養生に来ていた堀口直江との間に生まれた愛情は、宿の同じ部屋にいっしょに滞在しながら毎晩和田は江口を置き去りにして蒲団だけが朝ごとの女中をわずらわしたという状態でつづけられ、江口の親切に見まもられて、急速に進み、東京にかえってから、彼は浅草千束町に一部屋を借り、女が商売のあいまに通ってくるという生活に発展した。これはオアシスのように、和田久太郎の闘争生活のあいまに出現して、関東大震災まえの三、四ヶ月を、二人とも身内に病毒をもちつつ燃えた、短い生活であった。

関東大震災が二人を引きはなし、和田は先輩知己の大杉栄夫妻を殺した「権力」へ直接の復讐を計画するに至り、堀口直江は郷里の埼玉県妻沼にかえって、病篤くもはや立てなくなっていた。後に市ヶ谷の未決監から江口渙におくった和田の手紙は、この彼の恋の行方を物語っている。

「差入れて貰ったドテラは、成程そう言われて見ると那須であの当時僕が借着していた物だね。些か感慨なきにしもあらずだ。いろいろな事を思い出すよ。小松屋での生活。寒さ、雪、木枯、那須山の煙、殺生石、元湯通い、熱湯修行、綿の褌、炬燵、而して堀口という風に。それから更に、春風、春草、木の芽、桜、鶯、弁天湯、つつじ、八幡湯、そして且つ堀口という風に……。然し奴も死んだ。可哀そうでもあったが、奴らしい死方だったとも考えられる。あの醜悪な悲惨な姿となりつつ『いいよ。何処へも行かないよ。放っといておくれ、妾は此所で斯うして死んでやるんだ』と、言放った奴――あれが即ち奴だ。奴の全部だったのだ。いい所でもあり、短所でもあった。しかし、ああした心持ちは、俺にはよくわかるんだ。で、黙って顔を見つめて、そして俺はあの時帰って来た。奴は死んだ。」

堀口直江との成行はここにはっきりとわかる。郷里にかえったが、病毒のために納屋住いをさせられて、医者にもかけてくれぬ境遇で、彼女は父と継母その他家族の仕打ちにはげしい反抗的態度をとった。もともと家のために身を犠牲にして闇の商売にはいった身であった。最後まですでにその憎しみをすてず、和田が妻沼に訪れて、ともに帰京して養生することをすすめても、すでに回復の望みをもたず、帰京を肯んじなかったという。そのような反抗的な気迫に和田の性格と共通するところがあり、みじかい月日ではあったが、捨鉢な成行ではあったが、灼熱的な恋愛とはこういうものであろうかと思わせる。

「あくびの泪」の「彼女の歌」はもう三首あって江口渙に宛てた手紙の内容と呼応している。

（妻沼の里）

悪毒にくずおほれたる体よりなお巻き舌を強く放ちき

村芝居掛ると言いし若者に爛《ただ》れし顔を「どうだ行こうか」

意地に生き意地に死したる彼の女の強きこころを我悲しまじ

恋人を失ってかなしまぬものはない。まして和田の場合は悲愴すぎるほどだ。悲しみにかえるに和田には、やがて期する行動の決意があり、ひそかに覚悟はきまっていたから「強きこころを我悲しまじ」とうたいえたのであろう。「堀口が死んでやっと気掛りが自由になった。これからはもうどんな事でも思うようにやれるようになって、さっぱりしたよ。」「実際堀口らしい死に方をしたよ。最後まで自分のやりたい事をやり通して死んだからな。」江口渙に語ったという和田のこの言葉は、残虐な家庭と家族らを、そうあらしめたものにたいしてそれとは知らず、しかし決してゆずろうとはしなかった堀口直江の反抗的な死によって、自分がどう生きて死ぬべきかを、彼もはげまされたことは間違いないだろう。

獄中通信

和田久太郎の獄中通信から獄中での彼の精神的なものの推移をいくらか知ることもできる。「敗軍の卒、兵を語らず。今更ら何をか言わんやだ」とややのんきそうに、逮捕されて十日ばかりたってから、労働運動社へ宛てた最初の手紙にかいている。それから半年すぎた翌年四月には「『治安維持法案』を抵当に入れて、『普選』の借出しが成功したと聞いたが、少しもその内容がわからない。この二つの内容と、実施期とを一寸知らせてくれ」と同志近藤憲二宛にそういっている。

まる十ヶ月すぎたころはクロポトキンの倫理観やアナキズムや唯物史観についての感想をしきりに述べている。同志の動静も支配階級側のあわただしい取締強化も、まだ彼がそこに活動していた娑婆浮世とのつながりのなかに自分をおいて、気にかかってたまらぬというふうであった。

逮捕されてからまる一年後の一九二五年九月十日に無期の判決をいいわたされたが、未決で市ケ谷や巣鴨にいたその一ヶ年の間に、和田の目はしだいに自然観察においついていった。とはいっても、公判廷の行きかえりや傍聴席の同志との対面、あるいはいっしょに裁判されている古田大次郎、倉地啓司や未決のうちに死んだ村木源次郎のこと、まだまだ社会運動の推移に心をひかれつつ、人事や世相のことにわたるほうがおおかった。

しかし判決後まもなく秋田に下獄してから、小さい窓からはいる風や光、運動のすこしの時間に見る草木の色、空をとぶ小鳥の声など、生きものや季節のうつりかわりに彼の注意はしずかに向けられた。

「畑の遠近に多少の青草が伸び、白い三味線草の花が四つ五つ咲いている。これが今年になって初めて見る『花』だ。」

「今日は目覚めるか、明日は飛び出すかと、暖かくなりかけた時分から毎日の様に壁を見上げて居たが、大切の蠅は一向飛び初めない。辛棒を切らせて、トウトウ箒で掃き落してみると……古くからの死骸じゃないか！　即ち、窓から春風裡へ、ハイちゃい。

南無や蠅春風葬となしにけり」

「今年になってから初めて庭の土を踏む。……赤い煉瓦塀の蔭には汚れた雪が消え残って居り、頬に触るる風もうすら寒い。しかし、雪の解けた畑から青く芽がふいている。……

穴を出た我は地蟲よ庭の春」

「昨日は初めて似我蜂を見、今日はまた白き蝶と木の葉蝶の飛ぶを見受けた。まばらに生えた雑草にも、小さな花や柔かい穂先があらわれて来た。だのに燕がまだやって来ない。

やよ雀つばめは来ぬか何故おそい」

「夕ぐれ近く、御飯をたべていると又、くわっこう、くわっこう、とゆっくり三声ほど真上の空を鳴き渡った。高閑な趣きのある声である。……全く体中を耳にして聴き惚れた。

白雲と青葉のありや郭公鳥

麦飯の大塊りや郭公鳥」

獄中作のなかから草木鳥蟲について詠んだ句をさがしてみると、その割合はおどろくほど多く、愛情のこもった観察の目の届きには鋭さも加わって、よほど注意をあつめていたかと思わせる。独房の獄中生活の必然かもしれないが、ひたむきに生きている愛らしいもの、やさしいものに打ち込んだ彼のなかに、かえって彼なりの現実の逃避——どうにもならぬ無期囚の毎日に直面することをさけて、自分を空虚のなかから救い出そうとする努力が、そこにあったのではないかと思わせる。せまい牢屋のなかから季節のうごきや風物の色に思いをよせて、一句一句にうたいこめ、囚人であることからしばらく自分の思いを解放しようとする、その彼の俳句を私が「玩具」というのである。

蝶とぶや誰が雀に投げた飯
金網の目をぬけて会ひに来た蠅ぞ
朝寒むや湯桶にひたと止る蠅
耳糞を取れよと肩の蜂が云ぅ
蜂を送る窓の暮春の砂埃り
大蠅やほけたんぽぽの茎丹《あか》く
さらば鳩よ朝寒顔をこちらむけ
若草や珊瑚のような鳩の足
草の実や雀にもこんな尖り顔

菫、菫、枯芝にてはなかりけり
昂然として百合の芽青きこと二寸
囀りや膳の茹で菜も花のまま
さみだれや作り放しの箒草
燕ゆくや梧桐の実のはらはらと

しかし、せっかく俳句に逃避しようとしても、つくられた句の、このようなうつくしさと哀切さは、牢屋生活の現状から、彼の心がまだ十分飛躍しえなかったことを知らせるものだ。飛躍しえたのは彼の思いをのせてとびさった雀や鳩であった。彼がいつもくらく狭く寒い牢屋の住人であったことを証しているばかりだ。しかし、こうして彼の句を順序もなく写しならべてみると、へだてられた壁の内側で見聞きする鳥の声や草木の色や季節感が、どんなに獄中の和田にとってかけがえのないものであったかを、日常それにふんだんに触れることのできるわれわれには到底及びもつかぬ感動の豊富さと新鮮さとが物語ってくれる。

掃きよせし埃り色ある小春かな
雪だ雪だ雪だ茶碗の色も澄め

日の影や心疲れに足袋干しつ
空にひたと顔つけて春を讃えけり
病むまじと踏むや地肌に風光り

『獄窓から』をくりかえし読んでいると、こんなに自然に憧れ、親しもうとしている裏には、それに浸りきれない反抗心や焦慮が自ずと見えてきて、虚無的に自棄的になろうとする悩みをこれ以上大きくしないための安全弁として、ひたむきな動物植物その他への親しみと、それによってつくる俳句が、その役目をつとめていることがわかってくる。なく蟲の声をきいても、ともすれば心は回想に行き、自責の思いに駆られようとする。一九二六年（大正十五）九月にはこんな手記をかいている。

「良い月だ。——仲秋の清空は一点の雲もなく、実に浄く冴え亘っている。一昨年の今月今夜も、こうしたいい月が出ていた。そして、三年前のこのような月明の夜、大杉夫妻は東京憲兵隊で虐殺された。

蟲啼くや此処な庭にも古井戸の」

またあるとき、

「僕は最近徹底的に落ちつくことができるようになったように感ずる。外の事も大して気にしなくなったし、頭に詰め込んでいる半熟な学問の片々など、すっかり捨ててしまいたいと思うようになった。」

とかいているかと思うと、すぐまた囚人生活に見舞う絶対権力のはしくれ共のやり方にはげしい反撥を示して、死にものぐるいになる。

「今から三ヶ月以後、囚人に対して私本を読ませる事が絶対に禁じられた。勿論当所だけというのでなく、全国一般なのである。が、私がこの事をきいた時の失望と憤慨とがどんなに大きかったかは察してくれ給え。行刑局からの一般的達しとあれば、いくら当所長へ掛け合ったところで仕方のない話だとは思っても、残念さ口惜しさが胸先へ込み上げてくる。私本が読めない位なら、暴れるだけ暴れて死んでやれ、というような自暴自棄的な考えが高まって来て、十八日から今日の昼まで暴れ暴れて、トンダことをしてしまった。——この手紙の着いてから間もなく、全部の本がそちらへ行き着くことと思う。期間はまだ三ヶ月間ある。けれども、どうせ駄目なものなら、今からすっぱり思い切った方がよいと思うので明日送り返す。」（昭和二年九月二十日）

そうしてまた、自嘲しつつ、自分の思いをしずめ、あきらめようと努力する。

「本の事も、今では何等の不自由も淋しさも感じなくなった。『口惜しい、憎らしい、せつない』と啼く腹の蟲は、本を送り返した時、一緒に小包郵便の中へ叩き込んでおいた筈だが、なかったかね？　ハッハッ、君の腹の中で、あの手紙を見た時に啼いたのが、即ちそれさ。君の腹の中にまだ残っているなら、早くセメンの菓子でも食べて下してしまってくれ。

とは云うものの、そこは凡夫でね。……けれども、近頃では、そうした欲望のためにじりじりと悩む時の自分の姿の背後から、その悩める自分の姿を、慈愛に満ちた眼でじっと眺めながら護念しているところの、第二の自己が現われて来た……」

このようにはげしく自己内省している手紙は一九二七年（昭和二）十一月のことであった。つづけて、

「この秋は、こちらは珍らしい上天気だったよ。美しい、澄みきった空が多かった。まだ今年は雪も降らない。今日なんかも、暖かい小春日和だった。まだ蜻蛉と蝶が一、二疋生き残っている位だ。この分では、今年の冬は去年よりもずっと楽だろうと推測される。今年はずいぶんと雁を聞き且つ眺めた。

　鳴けよ雁ここは囚屋の空なれば
　想ふ事も遥かなる身に雁遠し」

この十一月九日と日付のある手紙がこの年の一番しまいの手紙であった。秋田へ移ってからは二ヶ月に一度の郵便差出しが許されるだけであったから。

その次のものは一九二八年（昭和三）一月九日付、これが和田久太郎の最後の通信となった。「地球がガタンという響きとともに回転して、此間お芽出度い昭和三年がやって来た。さて、お芽出度う。久さんも御年三十六歳にならせられた」といつものようにおどけた調子で書き出して、体重のこと、胃病のこと、お粥をたべていることなどしゃべった、その終りの方に、「同封の手紙を姫路へ送って欲しい」とかきそえてあった。

それは年とった、姫路に住む母におくるためのかなの文字の多いみじかい手紙であった。

しんねん、おめでとう。兄さんも、姉さんも、けんいちも、ひでをも、しょうぞうも、母上も、みんな、きげんよく、よきとしをおむかえなされたことと存じます。こんなところでも、やっぱり新年はなんとなくこころ嬉しく、目出度く今年のおぞうにもいわいました。

私は、何のわずらいもなく、また、さむさにもめげず、きげんよく、つとめています故、そのだんは御あんしん下さいませ。めかたは十三ぐわん六百目あります。ただしおやゆずりのしらがは、だいぶん多くなりました。

また時々お便りをいたします。お年の上故、さむさをおいとい下さい。

久太郎拝

母上さま

この手紙をかいてから、自殺までに一ヶ月以上あるのだが、その間の消息は何も伝えられていない。急速な心の変転があったということもあるだろうが、しかし、おそらく捕えられた最初から、あるいは無期懲役判決の日から、自分の身の処し方に何らかの覚悟があったのではあるまいか。

和田が秋田へ来てから、彼より後に捕えられた古田大次郎も中浜哲もすでに死刑台に上がった。村木源次郎は未決のうちに獄中で危篤におち、人事不省のまま死んでいった。狙撃してピストルの弾の出なかった失敗にも死刑を求刑され、無期を判決される世のなかで、その極悪犯人があまりにもやさしい母への手紙である。うかがうことを許されないはるかな心境だとは思うが、とつぜんに気がくるったのでもなし、病気で駄目になったのでもない。和田は俳人酔蜂の昔にかえったように辞世の一句の推敲につとめた。

辞世

一九二八年二月二十日、和田久太郎は秋田の獄中で縊死した。あとには鼻紙に薄墨でかいた辞世の一句がのこされていた。

もろもろの悩みも消ゆる雪の風

辞世の句はいく度か推敲されている。ひそかに前もってつくられていたような辞世俳句ではない。改造文庫にその辞世句のかきつけられた鼻紙の写真を見ると、その一枚の紙の上で幾度か、消され、書き加えられ、また消されて、書きかえられている。そしてできあがった最後のものが、上に掲げたこの一句である。

はじめは

もろもろの悩みを消せる雪の風

となっていたのを、その「を」を「も」に、「せ」を「え」に改めて、二度目のものは

もろもろの悩みも消える雪の風

となって、それからさらに、「消える」が「消ゆる」となって、やっとこの辞世の一句ができあがっている。

自殺するその直前に、辞世としてかきのこす一句を、このように熱心に推敲しているということは、よほど自分のつくる俳句に執着していたということである。何げなく友人知人に書き送っていた彼の句も、このように苦心して推敲されたものであるのだろうか。和田の俳句にた

いする態度を、この辞世の句を見て思いかえすものは、私一人ではないかもしれぬ。

死を前にして加えた訂正と推敲によってできあがった一句は、たしかに、その前の二回の、すなわち二つの句よりもすぐれている。私は、獄中の和田にとって俳句は「玩具」だといったが、その考えを私はひるがえそうとは思わない。それはテロリスト和田久太郎にとって獄中の俳句が彼を支える安全弁であったという意味であり、酔蜂・和田久太郎にとっては俳句が唯一のものであった、ということを妨げない。

テロリスト和田久太郎が、その企てに失敗して捕われたとき彼の生涯は終わったのである。成功しようが失敗しようが、それはただ一度きりのもので、やりなおしのきく仕事ではない。そのことについては、和田も決行する前から覚悟したことである。「甘粕は二人殺して仮出獄、久さん未遂で無期の懲役」と弁護士山崎今朝弥がいったように、まったく失敗に終わって、相手に小さな手きずも与ええなかった狙撃にたいして無期の判決など、法治国の沙汰ではないが、大杉栄ら三人を殺した憲兵甘粕は軍法会議で十年の刑、二年もまたず仮出獄したというような世のなかで、国家権力に反抗する無政府主義者として和田は、無期懲役になったのである。すでにその反抗的人間無政府主義者和田の生涯は終わっていたのだ。

生きていたのは酔蜂の後身俳人の久太でしかない。そして和田久太郎が自殺するとき辞世の句をこのように訂正推敲したのも、ほかならぬ俳人久太であった。いかにゆるぎない作品として、死ぬる男の心境をその一句に収めるか、それを当面の目的として、一枚のさびしい鼻紙に、チビ筆で、うす墨で、かき直し、かき加えて出来あがったのが「もろもろ」の一句であった。いうまでもなく、辞世にそのようにも執するということは日頃の磊落《らいらく》に見える和田ではなく、細心に行きとどく芸術家的スタイリスト酔蜂である。それにふさわしい芸術の主張を彼は日頃からもっていた。

「『私は芸術の為めの芸術』という態度はいけない事だと思っていた。しかし近頃になってから芸術は他の何ものの『為め』であってもならない、やはり芸術は『芸術の為めの芸術』でなくてはならないのだと思うようになった。貴族階級の芸術、或は有閑芸術、或は労働芸術、或は革命芸術、と種々の色彩の分化は起るだろう。けれども、真の芸術の芸術たる価値は、それらの各々の色彩に即して、然もそれらの色彩を超越して輝き出ずる『あるもの』の上にあらねばならぬ。芸術は、此の『あるもの』の外の何者でもないのだ。『芸術の為めの』という言葉さえ必要のない、純一の芸術境に没入した芸術こそ、真の芸術というべきであろう。

『芸術は人生の為めに存在するものでなく、人生は芸術の為めに存在するのだ』と言ったただれかの言葉を面白く感ずる。芸術の極致は『人間臭』を絶したところまで行かねばならぬのではあるまいか。何等の主観味の現われないまでに、主客一如になった境地……此処まで到らねばならぬのではないか。」(「孤囚漫筆」)

和田がこのようにはっきりと芸術至上主義的な意見をかいたのは秋田に行ってからである。無政府主義的な観点からこれをいっていることと思うと、いっそう彼の主張することの意味がはっきりする。和田は芸術の階級性を否定しているのではない。貴族芸術、労働芸術という分化はあたりまえのことだとして、その各階級の芸術の特徴を十分生かして、その上に輝き出る「あるもの」すなわち芸術上の真と美とを失ってはならぬといっているのだ。何等の主観味の現われないまでの主客一如の境地、と彼はいっているのだ。

この言葉は、今日においてわれわれに二つの教訓的な内容をふくんでいる。

一つは、芸術が政党やその政策に追随してはいけない、したがって軍国主義や侵略主義の笛を吹くのは外道だ、労働者のつくったすぐれた芸術は当然労働者の階級的な特徴をもちながら、芸術としての価値を高くしなければならない、という主張である。

二つには、階級的な運動からさえも芸術は自由でなければならない。真の芸術であるためにそうでなければならない。主客一如の境地、無産階級に属する芸術家は芸術の真を追求することによってのみ無産階級のための芸術を創造しうる、という考え方である。

これは自主自律という無政府主義の信条を、芸術の主張としたもので、ここには「文学と政治」、「芸術と階級」「政党と芸術家」などにおける芸術家にとっての二律背反的な疑惑の問題は起こらない。

私が和田久太郎の俳句はプロレタリア俳句ではないだろうといったことは、ここに理由がある。いいかえれば、プロレタリア俳句と称するようなものはわが国の文学の歴史にホンのすこしばかり存在したかもしれない。しかしそれが芸術として存在しえたかどうかには、疑問がのこされるということである。今日いう社会性俳句と、プロレタリア文学運動の指導方針にしたがったプロレタリア俳句との間に存在するちがいの、実質的な問題に、和田は三十年前にまったく先駆的に触れていたのではなかったか。

さらにいいかえれば、これは文学における主体性の問題である。作者の個性を通してなされる創造の仕事にあっては、作者が自らのなかに無産階級の意欲を自得しているのでなければ、階級的価値も意義も芸術にはありえないということである。農民一揆のことを詠んでもストライキを描いても、その自得が欠けていては、芸術的絵そらごとにしかすぎぬものとなるということなのである。

和田久太郎が社会活動をしていた時代には、すでに労働者文学があり、民衆芸術論があった。『黒煙』も『種蒔く人』も出ていた。プロレタリア文学運動もやがてときを迎えようとしていた。階級的文学の動きを彼もまた期待していたことはたしかだろう。だが、和田自身の文学の教養は俳句であり、その限界性のなかで、自己の実感の表白につとめたのは、芸術にたいするこのような彼の主張のためでもあった。

和田久太郎の自殺の真因をさぐることはすでに不可能であろう。憶測は可能であるにしても、なされた憶測が真実に到達しえたか否かの正確な判別は出来ないことである。

けれども、「もろもろの悩みも消ゆる雪の風」という句に秘められたものに自殺の理由を見ようとすることには妥当性がないとはいえない。和田のもろもろの悩みのなかの「悩み」が何であったか、ということである。獄中通信に現われたところでは、彼は一種の楽天囚人であった。その底に、辞世の句に秘められた悩みがあったとすれば、無期刑にたいする絶望以上のものといえるかもしれない。

江口渙は小説『虚無の花』のなかに、和田の縊死の理由を、福田狙撃に失敗して逮捕された後、残虐のかぎりをつくした連日の拷問に、意志意力を失った和田が同志の隠れ家を白状した、その自責の苦闘のためではないかとかいていた。その理由とするところは必ずしも憶測のみではないように江口は語っている。それを信ずるには幾つかの現実的心理的障害をわれわれは越えねばならないが、かりにそのような理由があったとして、そのことは、力を失い自我を喪失した人間の行為は喪失した者の責任ではもとよりない、無道の残虐を人間の肉体と精神の上にくりかえした権力者共の罪悪に他ならない。事実とすればこの上なく憤《いきどお》ろしいことであり、憤りは権力にたいしてのみ向けられねばならない。はたしてそうであるか。ふとその疑問が心にかかるほどの悲痛を、辞世の句が包蔵すると思わせるまでの、重いボリュームをあの一句はもっている。それほど和田の作品のなかでも悽愴の気がある。(この疑問については次項の「テロリストと文学」を参照されたい。)

無期の判決をいいわたされた日に、山崎今朝弥におくった和田の一句は「秋雨を餞《はなむ》けらるる別れかな」であった。そのかえりの護送車の窓から、これが見おさめと東京の街を眺めつつ「さらば鳩よ朝寒む顔をこちらむけ」と詠んだ。いっしょにいいわたされた判決で死刑ときまった古田大次郎に、

冷やかな雨にいや澄む眼かも
刑場の樹立はあれか雨の蟲

とひそかに餞け、「その日(古田の刑執行の日)壮快な秋晴れならむ事を――」といって詠んだ句は、

その旦鵙《もず》大晴れを祈りけり

というのであった。「我等五人は……」と前置きして、

死に別れ生き別れつつ飛ぶ雁か

と述懐したが、五人とは古田と、すでに獄死した村木源次郎と倉地啓司、新谷与一郎と和田自身のこと、ギロチン事件といわれるもののうち東京で裁判された人びとの別離の思いであった。

こうして未決の市ヶ谷でその同志たちと別れてから、和田久太郎が自殺するまでにはまる三年以上の年月があったが、辞世の句とこれらの別離の句には相通ずる悲痛さがある。

自分の生活のなかから、自分の真実に即して俳句をつくることが和田の文学の信条であった。小鳥や蟲や草木や、季節のそらの色をまで仔細な観察によって描写した和田は、アナキストの同志たちについて、まったくはげしい愛情を示すそのような句をつくった。自分にあたえた辞世の句のいたわり。ようやく、死ぬことによっておれの悩みも消ゆる、この生さることが重荷であったというように見えるのは、まだ三十六歳の和田にとって未来が永いだけに無期懲役ののしかかりというものであったろうか。

和田久太郎が自分でかいた年譜の最後のところは、

「大正十三年（三十二歳）九月一日、福田雅太郎を狙撃して果さず。捕わる。」

までである。

その後の三ヶ年については『獄窓から』の編者で「労働運動社」以来の同志近藤憲二が、次のように補充した。

「大年十四年（三十三歳）五月二十一日より東京地方裁判所に於て、福田雅太郎暗殺未遂事件の公判開始さる。裁判長は宇野要三郎、検事は黒川渉にして、弁護士は山崎今朝弥、布施辰治等の諸氏なりき。検事の求刑は死刑なりしが、九月十日、無期懲役の判決言渡しあり、控訴せず服役す。九月十九日市ヶ谷の未決監より秋田刑務所に移さる。」

「昭和三年（三十六歳）二月二十日、……辞世を遺して秋田刑務所の監房で縊死す。二十二日、望月桂、近藤憲二、秋田に赴き、遺骸を茶毘に附して携え帰る。三月二十一日、神田松本亭に労働運動社主催の告別追悼会を開催せしが、反動団体と官憲のために蹂躙さる。」（傍点秋山）

（一九五七年）

二人のロマンチスト——後藤謙太郎と中浜哲

大正のテロリスト集団ギロチン社にかかわる二人の詩人がいた。後藤謙太郎と中浜哲である。

中浜の著作集『黒パン』（『祖国と自由』大正十四年十二月号）のなかに「黒パン党実記」があり、その「対話篇―黒旗」に「三粒の種子は弾《はじ》けた」と題して埼玉県蓮田の小作人社で、そこの同人清原（古田大次郎、二十五歳）と大沢（中浜、二十六歳）、旅のアナキスト遠藤（後藤、二十七歳）が会合して語る一夜の場面が描かれている。

遠藤こと後藤謙太郎はこう語りかける。

「……今度の在獄中、決心したことなんだが俺は到底、規則立った過程だとか組織だとかを信ずることはできない。といって近いか遠いかわかりもしない幻影をいつまでも追っかけてばかりいられないのだ。農民の中へだとか民衆の先駆とか、そんなマスダアベエションは僕はもうあきあきしちゃった。なる程大衆の力は偉大であろう。俺もそれを否定するわけじゃないが、それが今の俺にとって何の関係があるのだ？　元来ぼくはバガボンドだ、独りでできるだけのことをやってのけて死にさえすればそれでいいのだ！　だからこの機会をのがさずに一つやってみたいとおもっているのだ、……しかし滅多に誰にでも打明けられる話じゃないので結局、君らの所に尻をもって来るより他、仕方がなかった、如何だろう？　君らがぼくといっしょにやってくれればそれに越したことはないか、それが出来ないにしろ、君らの手で金か武器かの都合がつかないかしら？」

これにたいして大沢すなわち中浜が、

「折角、打ち明けてくれたんだから僕らのプランも話そう。」
と答えて、話は以下のようにつづけられた。

中浜―今、ここには何もないが何時でもすぐ手に入ることにはなっている。このことが社会のショックになろうがなるまいが、ただやりたいだけのことをやるまでのことさ、この点、君と僕らの気持は一致する。一緒にやろう。

後藤―では何時発つ？

中浜―一応東京に行かなきぁなるまいが。

察するに、中浜哲と古田大次郎の二人はこの蓮田の小作人社でテロルを決意してその実行を誓った、そこへ北海道旅行からの帰途後藤謙太郎が立ち寄り、はからずも意見の一致を見て、これが大正のテロリスト集団ギロチン社の出発となったようである。関東大震災の前年の四月のことである。

後藤謙太郎は一九二五年に巣鴨監獄の未決囚として獄死したが、翌年大阪の同志の手で詩歌集『労働放浪監獄より』が刊行された。この本は根岸正吉らの『どん底で歌ふ』につづくプロレタリア詩集として、その労働者的反抗精神は戦後も評価されている。「労働放浪監獄より」（短歌）と「坑夫の歌」（詩）との二部からなっている。

北国の獄舎に今日は呻吟す　俺の思想よ　社会組織よ
つながれし鎖が鳴るよ　征服の事実を呪う　鎖が鳴るよ
生産者の俺がつながる　消費者の奴がつなげり呪え現代
労働よ　また放浪よ　その間の俺の休息所よ　監獄の窓
監獄に見る夢々の不思議さよ　工場の街と俺の死骸と
監獄に来てはじめてのその夢よ　吹雪に立てるバクーニンの顔
黙々と鉄窓の下に端坐せり　一九一九年の正月元旦
敵あらば今こそ出でよ　戦わむ　病床　平和の生活に堪え得ず

後藤は各地の監獄にいた経験をもっている。一九二〇年ごろ岡山、金沢などにおこったいわゆる軍隊赤化事件に彼は活動してとらえられた。右の短歌はほとんどその時期にかかれたもののなかからひろわれた。ニヒリスチックでかつ戦闘的であるが、「無題」、「貧と病の生活より」と名づけた次の詩はさらにニヒルの度をつよめ、いっそう反抗的、反組織的感情に燃えている。

ひとのため　社会のためと
いう奴の　腹の底まで

俺には分るぞ

人生は何うの　斯うのと云うのかい
生きたいからだ
生きて行くのは
何とでも理屈をつけて
生きて行け
胡麻化して行け　行ける間は

高遠の理想とやらが何になる
糞でも喰えー
飯が食えぬのに

骨と皮　この残骸を見せつけても
まだ労働を
神聖と呼ぶのか

馬車馬の如く働き
馬車馬の倒れし如く
俺は倒れた

杖つかねば
歩けぬ程の病人に
尾行がつけり　呪わしい制度

後藤は熊本県日奈久に生まれた労働者詩人、そしてアナキスト、その思想がニヒリスチックな傾斜をつよくしたことは彼の短歌と詩が示している。まことに彼の生涯はその本の題が示すごとくであった。上田、栃木、熊本、巣鴨、宇都宮、市ケ谷などの監獄を知っており、労働者の経験は炭坑夫として三池、松島、伊田など九州各地の地底に働き、そして反軍思想を宣伝しつつ放浪し、「雪の線路を歩いて」という、初期の労働者詩として忘れがたい作品をのこした。

貧しさの為に俺は歩けり

ひとすじの道　雪の線路を俺は歩けり
貧しさの為に歩ける俺には
火を吐きて　煙を挙げて
罵る如く　汽笛を鳴らして
走りゆくあの汽車が憎し
文明の利器なれども俺には憎し
ひもじさの為に疲れて歩ける俺には
それ食えがしに汽車の窓より
殻の弁当を投げつくる人の心が憎し
とりわけて今　村を追われて歩ける俺には
スチームに温められて
安らかに旅する人の心はなお憎し

われ等が汗にてなりし
秋の収穫を取り去る代りに
彼の怖ろしき文明の病毒を運び来る

あの汽車は
毒蛇のごとくたまらなく憎し

（以下略）

彼の詩は、彼の激昂する感情のままに反逆的な言葉が噴出し、だからこの遺稿集もたびたび××△△などの伏字を用い、以下五行削除などという個所も幾度かある。それだけに作品としては粗剛の感もまぬがれぬが、前記「雪の線路を歩いて」は、当時下積の労働者の、その目ざめた反逆心がままならぬ汽車と線路を通して、リアルに表現されている。後藤はギロチン社のその後の活動に加わることなく、一九二五年に巣鴨監獄で獄死して終わった。ギロチン社の出発にかかわった彼に自由が許されたら当然その後の活動に協力したはずである。

中浜哲は一九二四年三月一日刊『労働運動』の大杉栄・伊藤野枝追悼号に「杉よ！　眼の男よ！」という長詩をかき（富岡誠名義）、それは後藤の「雪の線路を歩いて」などと並んで戦後の『日本現代詩大系　八巻』などにも収録されて、忘れがたく反逆詩人の名をとどめている。私もまた、日本アナキスト連盟の機関紙『クロハタ』その他に幾度か彼の思想と活動、その詩について紹介してきた。

本名富岡誓《ちかい》、福岡県企救郡東郷村字柄杓田（現、北九州市門司区字柄杓田）の出身、山口県長府の豊浦中学を出て上京、加藤一夫らの自由人連盟に加わって社会運動にはいった。

自由労働者として東京の本所深川で活動したのは一九二〇年ごろ、ギロチン社の出発は一九二二年（大正十一）であった。一九二四年三月、大阪の実業同志会に武藤山治を訪問中捕縛され、同志古田大次郎の死に遅れること半年、一九二六年四月十五日、大阪で死刑となった。その獄中でかいた詩、対話、追憶などを集めて中浜哲著作集『黒パン』第一集が、前年（一九二五年）十二月に同志らの手で刊行された。その扉には彼の小影がありその下にステプニアクの言葉として知られる「革命家は皆其の生涯の間に、それ自身は大したことでもない何かの事情で、革命のために身を献げるという誓を立てた尊い一瞬間を持っているものである」が中浜の筆でかかれている（なお、彼はもっとも多く中浜哲と署名し、中浜鉄、浜鉄ともかき、稀に富岡誓の本名も用いた。ここでは統一して中浜哲とする）。この言葉は彼のある信条を語っていると思う。「尊いその一瞬」をもたなかった者は革命家としてともに談ずるに足らずとする自負であろうか。そのような瞬間をもつということは、全自己をあげて革命のために捧げうる人となった自分を自覚するということである。だがそれは必ずしもテロリストとなるということではない、にもかかわらず中浜がそうかいたとき、革命家とはテロリストなりという信念にたっていったのであろうと思われてくる。

一九二二年（大正十一）関東大震災の前年にギロチン社は中浜哲、古田大次郎、河合康左右、倉地啓司を根幹として秘密結集されたが、そのテロルの目標とするものが何であったかは、現在に至るまで明瞭に語られることがない。ギロチン社としては派生的な事件だったにちがいない、大杉栄暗殺にたいする報復として企てられた福田雅太郎狙撃のことは、和田久太郎、村木源次郎らへの協力というところで、いうまでもなく当初の目的は他にあった。九二二年秋、来訪中の英国皇太子を狙って中浜が失敗したことは古田大次郎の獄中手記に見える。反権力反国家の立場をテロルによって高揚することに彼らの結集の狙いがあったことははっきりしている。そしてそれを具体的に、どう顕現しようとしたか。私は生前の倉地啓司（一九六〇年没）からそれについてわずかに聞くところがあった。

ギロチン社は一九二三年秋の小阪事件で関西の有力メンバーが失われ、一九二四年三月には中浜が捕われ、その九月一日に福田狙撃の失敗で和田久太郎が、同じく十日に古田大次郎と村木源次郎が捕縛されて、ただ一人のこった中心メンバー倉地はまもなく大阪で検挙されたが、古田が谷中の公衆便所や青山墓地や銀座で試爆した爆弾のダイナマイトが倉地の才覚によるものであったことから、彼は東京に護送されて古田や和田久太郎、新谷与一郎らとともに東京地裁で裁判された。そのある日のことを倉地はこう回想して語った。

「公判廷で、先に腰かけている自分の前を通るとき、挨拶するような恰好で古田が〃ムスコのことはいうな〃とひそかにいい、自分はすぐ了解した。大阪でつかまった時警視庁からとんで来た三人の刑事に護送されたが、その車中のあつかいは丁寧慎重で、その間再度にわたって〃質問されないことはいうな〃と奇妙な注意を受けたのは、そのことか、それでわかったと思った。」

つまり、どこかにギロチン社の計画にひそむものが大逆罪たることを表向きにしない配慮を倉地は察したというのである。

明治の大逆事件が再びくりかえされようなどと思った者がいただろうか。しかし一九二三年十二月の虎の門事件、同じく関東大震災を挟んでの朴烈事件と相ついでいる。虎の門事件で組閣間もない山本内閣が退陣したことを思えば、相つぐ大逆事件はたまらぬという空気がどこかに生じていたとしても不思議ではない。ギロチン社のほとんど全員が捕縛されたいま、しかも未着手の大逆の企図を語り出して犠牲をひろげるにもあたるまいと倉地は考えたのである。それにはそれとしてのもっともさもあろう。かくしてギロチン社事件は、治安維持法改正以前でもあり、殺人、強盗、爆発物取締罰則違反などの罪名で告発されたのである。

だがいまもこの事件を単なる、以上の罪名のものとのみは信じていない者がいる。無類純潔のヒューマニスト古田大次郎の殺人事件（小阪事件）の意味が、ありふれた物取り人殺しと同一視されることにしかならないこの結論は、あまりに惨憺《さんたん》すぎるかもしれない。そして、では中浜哲は何故に、検事控訴によって死罪判決となったのか。彼はギロチン社が起こした事件の何ごとにも直接手を下してはいない。首領的存在と見なされているが、ただ以上のような犯罪に、首領の責任がかくまで重々しく問われた例があるか。裁判の「暗さ」がここにも在る。

何といっても、一九二二年に中浜が英国皇太子を狙撃せんとして果さなかったことといい、さらにときの摂政宮を目的としたであろうことを思えば、彼らのテロリズム団が反国家権力を目ざした集団であったことは自ら明らかとなる。

いくつかの失敗を伴なって壊滅したギロチン社にかかわるテロ事件は、大阪、東京、京都に分かれて裁判の結果、またその一部には一審、二審からさらに上告した者もあったが、究極、次の判決となった。

死刑　中浜哲、古田大次郎
無期　河合康左右《こうぞう》、小西次郎、和田久太郎
十五年　仲喜一、茂野栄吉、内田源太郎、小川義雄
十二年　倉地啓司
八年　田中勇之進
七年　山田正一、小西武夫

五年　筬部《おさべ》治之助、新谷《しんたに》与一郎
四年　小西松太郎
三年　上野克己、伊藤孝一
二年（猶予四年）入江常一、川井筆松、八木信三
一年半　阪谷《さかたに》貫一
一年　逸見吉三

中浜哲がその言葉を愛した『地底のロシア』の著者ステプニアクや『蒼ざめた馬』『黒馬を見たり』の著者ロープシン（サヴィンコフ）を引き合いに出すまでもなく、テロリストには文学愛好者、わけても詩人が多い。理想を身命を賭して実現せんとする行為のなかに自己をたたきこむテロリストのロマンチックな信条と彼らの詩精神とは一つであると私は考える。わが中浜哲もまったくそのような詩人であった。私は最近、ある自分の少年時の回想のなかに彼についで次のようにかいた。

「中浜哲こと富岡誓、後にギロチン社の頭目の一人、大正十五年四月大阪で刑死したあの人が、早大正門前の下宿屋にとつぜん訪ねて来たのは、大正十三年三月の夕方だった。中学生のころ、門司の叔母の家で一、二度彼と出逢ったことがある。顔いろが黒く、磊落《らいらく》な印象がのこっている。叔母にむかってあけすけに女郎買のことなどいって笑わせているの

をきいた記憶もある。」

この富岡の誓《ちか》さんが、グレーのセーターに鳥打帽をかぶって早稲田の下宿に訪ねて来てほど近い高田牧舎に私をつれ出して、いっしょにライスカレーを食いながら、「おれは近く満洲の奥地に一年ほど旅行する、来年またここに訪ねる、何でも好きなことを一所懸命やることじゃ」といって、かえっていったのは、一九二四年の三月、私はそのときの二年後に中浜が死刑になってから、もっとふかく彼を知ろうとつとめたが、戦後このときのことを倉地と語って二つのことを知った。そのときの上京の一日、あの「杉よ！　眼の男よ！」をかき、私と逢ったその日の夜汽車で大阪にゆく時もしきりに詩作していたということ、その翌日大阪に着くとすぐ武藤山治を訪問して実業同志会で捕われたこと、それを彼からきいた。倉地はこの間ずっと同行していたということであった。

中浜はその文学的才能が十分発揮されることなく終わった。ロープシンの一、二の文学作品が、アゼフのスパイ事件以後ロープシンが活動に懐疑的となっていた時期、行動を静めてある自適の時間によってかかれたことにくらべると、中浜の最晩年の著作を集めた『黒パン』は獄中作品である。『中浜哲遺稿集』（一九三一年、名古屋労働問題研究所）のなかの詩は、東奔西走の間に走りがきしたものだろう。文学好きで、書くとなれば短い時間で一気呵成にかくこともできた人であったが、彼はついに文学の人でなく終わった。獄中といえども和田久太郎の秋田監獄における自然観察のような心境とは大分へだたっている。もちろんそれには理由もある。中浜は第一審の無期が検事控訴で死刑判決となった、その前後には破獄脱出をさえ考え、看守を買収して外の同志らとの連絡を企てたりしている。そのささやかなもくろみが発覚したのがいわゆる大阪刑務所爆破計画である。捕われると事おわれりと清くしずかに死を待つ心境、そのことでは刎頸の同志古田とも、また河合とも遠かったようである。和田久太郎と俳句、中浜哲とその詩、それぞれのかかわりの質的相違はその地点からも把握されねばならぬ。中浜の躍動的な詩は、彼の止むことのなかった反逆心が産み出したものである。

わが国の詩の歴史のなかに彼を位置づけようとすれば、関東大震災前後の前衛詩と、またそれにつづくプロレタリア詩、その二つのものに先駆する性格が認められねばならぬ。私が「テロリストの詩」という問題で小野十三郎の詩論にある訂正を要求した理由がそこにあるのである。テロルの感情を紙片に投げつけるようなはげしい彼の詩こそ「詩とは？　詩人とは？　詩とは爆弾である。詩人とは牢獄の黒き壁に爆弾を投ずる黒き犯人である」という『赤と黒』のアナキスチックな宣言にもっともふさわしかったと私は思う。また彼は、ニヒルに反抗的な詩や叙事詩の手法までも示している。いわば自己の情感にのみ溺れず、発想の対象として社会が、世界の動向が、いつもその詩心の内側を刺激しつづけていた、彼はそんな詩人でもあった。そして彼がかいたのは詩ばかりではない。「手を執りて相笑まん日のいつならん親よかなしき子を持てるかな」と獄中短歌に託す感情もあり、たまたま獄中に届いた『文芸戦線』を読み、「牢獄の反響」と題して同誌上（一九二五年十一月、十二月）にその筆者各氏を揶揄笑殺するくらいの茶目っ気もあった。小説も詩も対話篇と称する実伝戯曲も自由にかいた。最後に『中浜哲遺稿集』から一篇を抜いてその風刺的な才能も見なければなるまい。

偶然？　必然？　果然？　当然？

かつてドイツは
過去半世紀間
弾丸と薬の製造元であった
壱の番頭ビスマルクは
幽名なアノ社会主義鎮圧策を発明して
彼は今総有種類の民衆に
「梅毒の守護神」として国際的に
崇められて居る
二番の番頭モルトケは臨終に
「鉄砲を掛売する事は容易いが

その代金を回収する事は至難しい」
と云う述言を遺して死んだ男だ
彼の国から売り拡められた
ウィルヘルムは
廿世紀の初頭五分ノ一の間
素晴らしい勢いで流行した丸薬だ
痴呆症　妄想狂には
最高最新最適の特効剤だったそうだ
然るに何故か
国際的ボイコットにあって塵をかむり
今こそ残骸を路傍にさらしている
支店―――出張所？
東洋―――ドイツ？
本家の苦い丸薬を輸入して
体裁よく砂糖で包装し
「治安維持法」と銘打って

先ず国内に売り初めるらしい
目下日比谷の薬局で
下手な代訳どもが調合の真最中だと
仮令
天降りの特許を得ようとも
毒素の利目に偽瞞されはしない
ドン底の貧と
病に慣れた俺達は
相互に扶助け合い苦痛をわけて
正義の確信に自由の護符に
必然？　否
当然？　否
偶然の機会に勝利を期待して進む
果然？

彼の才気、あるいはウイット、そういったものをうかがうことのできる詩である。

後藤謙太郎の反抗の詩、中浜の才気に満ちたニヒルな詩、それを目ざして私は二人のロマンチックな詩人という。テロリズムに執すること自体、なかなかにロマンチックな夢なくては出来難いことである。社会運動、革命運動に身を投じて、在来の労働運動その他の組織活動に否定的目ざめをするということは、一歩の前進であり、あるいはまた一歩の退歩である。それを退歩たらしめぬものは、大衆的運動ではない活動に従うことである。つまり労働運動に潜む本質的な退廃性に目を向けた者、現実をニヒルに見る者は、非大衆的な運動に走るか脱落するかである。プラスかマイナスかである。プラスたるために彼らはまずあたりまえな生活を拒否し、さらに権力者を拒否する活動にはいる。生活の拒否、青春の拒否、自己の拒否、このニヒルな思惑を超えることによって他を拒否するテロリズムははじまる。この転換をあえてするロマン主義をいかに何人が評価しようとも、すでに彼らはその埒外にいる。後藤、中浜のみならず、テロリストとテロリストの文学、につきまとう暗いロマンな情熱が、彼らを詩人たらしめたのである。

（一九六八年）

テロリストと文学

ただ人類の「強制された圧迫」を知ることのみが認識を与え、ぼくらを賢く物知りにします。
エルンスト・トルラア

「日本のテロリスト」(『群像』一九五八年七月号)のなかで平野謙は、「一九二〇年十二月の日本社会主義同盟の結成から筆をおこし、古田大次郎、中浜鉄、和田久太郎らの獄死までを描いていて、日本のテロリストたちを仔細に描いた文献として、ほとんど唯一最高のものだろう」と、江口渙の『続・わが文学半生記』について、かいていた。今日までのところ、その江口の著書が大正テロリストについての「唯一最高のもの」だろうことを私も認めないわけではないが、その「唯一最高」の標高がどの程度のものかについては疑念が生じないものでもないのである。

大正時代のテロリストの事件とは、大阪を中心とするギロチン社事件(あるいは分黒党事[*1]

件）と、大杉栄夫妻暗殺の復讐として企てられた福田雅太郎狙撃事件との二つを合していうのであるが、当面の目的を異にする二つは、国家権力とのたたかいという場から協力するに至った成行はあったが、もともと別々の企てであった。ギロチン社の企図には大逆事件となるべきものが秘められていたが、そのことは権力の側から陰蔽された形跡があり、結局東京、大阪の両判決を合わせて殺人、殺人未遂、強盗、爆発物取締法違反等々の罪名で、それとしては重い刑が課せられ、未決中の獄死一名を別として死刑二、無期三、十五年四、十二年一、八年一、七年二、五年二、四年一、三年二、二年（猶予四年）三、一年半一、一年一、という判決となって終わった。

江口がかいたのは彼自身の思い出であるから、テロリストの事件の全貌について正確に筆の及ばなかったのは当然であるとしても、大正のテロリストについての記述としてみれば、好意と関心とをもって成行を見まもったといいながら、東京の福田狙撃事件に集約されるものと、大阪の小阪事件に集約されるものとの、双方のちがいと協力との面がはっきりしなさすぎたきらいがある。中浜の死刑や無期になった河合らの成行などについてはほとんどふれていないという方があたっている。せっかくの好意を亡きテロリストの友人たちに示しながら、事件そのものがかえってあいまいにされている傾きもある。また江口が当時のことをよく知りつくした人だという先入観から、いろいろとテロリストをめぐっての誤解も、その思い出の記述から生じかねない。

一九五八年五月八日の『アカハタ』に金達寿はその江口の本を批評して「当時のアナーキストのことが刻明に描かれ」ているとか、「私はこの本によってはじめて当時のアナーキストたちのことを知ることができた」などとかいているが、江口は当時のアナキズム運動とアナキストについてはほとんどわずかにしかふれておらず、だから金がそれによって、当時のアナキストたちのことを知ることができたといっても、それは当然わずかなことにしかすぎないはずである。江口のかき方にもよるが、大正末期のテロリストの活動とその失敗が日本のアナキズム運動の全部であるかのような受けとり方は、軽率をまぬがれない。

高見順も東京新聞(一九五八年四月九日)でこういっている。「この本が出て、私は一気に通読した。私の知りたいと思っていたアナーキストたちの姿が、彼らと親しかった江口さんの本でいきいきと描かれている。——ギロチン社のテロリストたちのことなど、このようにゆがみなくしかも詳細に紹介されたのは、おそらくこれが初めてだろう」と。いったい高見は、ゆがみなく詳細に紹介されたなどと、どこからいえるのであろう。

このテロリストたちの事件は四十年近くも昔のことであり、事件のくわしい記録さえもないとき、彼らと直接知りあいだった江口がそれについてかいたのだからそれを最高の真実としてうけとる、というようなことでは、文学者というものの責任がいったいどこにあるのか。江口の著書やそれにふれてかかれた文学者の発言にたいして、私のさしはさみたい疑問はそのことである。

例をあげれば、大正のテロリストとアナキストを同一視するような意見、テロリストの活動がアナキズム運動そのものであったような曲解、江口にしてからがそれに近い間違いにたっているとすれば、そもそもの出発点から、大きな誤差を伴なって話がすすめられ、また受けとられているということである。

このテロリストらの存在が大正のアナキズム運動の傍流であることはいうまでもないものである。しかし、テロリスト（またはアナキスト）について江口の回想に含まれる過不足をただしたくて私はペンをとろうとするのではなく、『続・わが文学半生記』と、それを読んだ昭和の文学者たちの批評と感想に現われたもののなかに、あのテロリストたちが失敗したそのふかい原因につながる不足と欠点との見いだされることを、思いめぐらすのである。

失敗したテロリストについて、数十年後の今日の文学者たちが、彼らと同質の失敗の目でしか、見ることも判断することもできぬとは？　眼光紙背に徹せよとはいわないが、『続・わが文学半生記』の記述のところどころにあるそれ自体の矛盾、それは今日の目からする事件の批判であるべきものが、そうでありえなかったことの証拠のようにも見える、それらのことを文学者の目は、ふわけして知るのでなければ、書評にもなにもならぬのである。

「老人の話」

一九三四年に出版された小野十三郎の第二詩集『古き世界の上に』のなかに「老人の話」という詩がある。大正のテロリストのことを思うとき、すぐ私の回想はその詩のことにたちかえってゆく。


俺はあの冬の夜仲間の隠れ家ではじめて「老人」に逢った。

「老人」は俺が想像していたよりもずっと小柄で、すべての点で若々しく見えた。俺たちは炭火をかきおこし、「老人」をとりかこんで晩くまで静かに仕事の相談をした。「老人」の話しっ振りは実に魅力があった。支那やアメリカでの愉快な失敗談等も出して笑わせられたが、しかしもうそれを俺はおぼえていない。ただ一つ俺には忘れられない言葉がある。それは小阪事件でやられた仲間のことに話が及んだ時だ。――

「老人」は絶えず柔かい微笑を泛べながら俺たちの話すのを聞いていた。そして最後に口を利いた。「――ね。F君も結局死ぬまで古い道徳から解放されなかった人だね。いや、これがあの人を死に追いやったようなもんだ――」

俺はかつてFの本を読んで、その無上の人なつっこい純情に泣いた。そしてどうだ、彼となんらかかわりのない人たちや物見高いジャーナリズムの手輩までが無政府主義者Fの「人間的な」半面には挙《こぞ》って同情の眼を注いだものだ。

「道徳、やつらの――」俺は眼をあげて「老人」の若々しい顔を見た。力の籠った表情にぶつかった。この人がこんな考えを持っている。それはなんの不思議なことではないが、そう思うと自分の眼がしらが熱くなるのをおぼえた。

この詩のなかで「老人」と呼ばれているのは岩佐作太郎であり「小阪事件でやられた仲間」とは古田大次郎である。初冬の霧の下りた郊外の細みちを歩いて、小野十三郎が早目に当夜の場所についたとき、すでに四、五人の先着があり、部屋の中央には小柄な老人が、よくおこった炭火に手をかざしながら古田の遺著『死の懺悔』を読んでいた。一九三〇年の十二月はじめごろのこと、小野は「老人」のニックネームで知られたこの著名なアナキストに会うのは、このときがはじめてだった。

この詩は、過不足なくその夜の小野の小さな感動をつたえている。彼らよりも三十歳も年長のその人は、そのときまで読みつづけていた本を下において人びとの話にききいっていたが、やがておだやかな声で「F君という人は死ぬまで古い道徳にしばられて、そこから解放されることのなかった人だね」といった。その言葉をかみしめながら、小野十三郎は自分の目から一枚のうろこがはぎとられるような思いがした。

古田大次郎の獄中手記『死の懺悔』は数十版をかさねたその時代のベストセラーであり、おそるべき殺人強盗の死刑囚が、その本によって、心の純粋さを評判されていたものである。

「涙光る。死で詩を綴った人は若かった。その人の恋は清く優しく深く悲しかった。その人は涙光る心の持主だった。紙鶴と遊ぶ心のいじらしさ。冷たい牢獄の生活はどんなに親や朋輩の住む温い家庭を思わせたか。そのひとやの朝と夕。読む人々の眦《まなじり》に涙光る。求むる道は遠く、四囲の社会はつれなく、法規は酷だった。荊の道。真にその人の生涯は淋しく嶮しくやるせなくさえあった。世にその人くらい己れを責めた若人があったろうか。あの風貌を以て、あの心境を以て、愁然死んでいった古田大次郎君。ああ涙光る。」

これがそのころの出版社の広告文のなかの一つであった。

古田が殺人、殺人未遂、強盗、爆発物取締法違反等々のけわしい罪名とともに世の耳目をあつめて死刑となった事実から逆に、そのプラトニックな愛情の清純さ、生活日常の謹直さなどが、出版社の側のこのような宣伝にのって有名になり、それに感動していた者たちの理解の浅いところを、「老人の言葉」はやさしくゆりうごかしたのである。

中浜哲や古田大次郎らの「ギロチン社」の人びとが企てようとしたことの全貌は、当時はもちろん、そして今日に至ってはいっそう不十分にしか知られてはいない。江口の著書によっても、放蕩無頼の若者たちの集団のごとくにいわれ、その中にただ一人古田が、強盗殺人のいまわしい罪名にたいしてそれをはねかえすに足るうつくしい人格として描かれている。古田の友人や後輩たちもまた、彼の意志と行動とその失敗の意味を正当に理解するよりも、たとえば獄中手記などに見られる少年のような思慕と、二十六歳で刑死するまで不犯に終わった殉情などによって、とかくその生涯を美化しようとする傾向がつよく、古田の抑制的な青春の情熱の在り方がテロリストとしての行動に与えたであろうマイナスの面は江口渙もほとんど考察するところがない。

『死の懺悔』を読んで「死ぬまで封建道徳から解放されなかった人だ」といったとき岩佐作太郎は、行動の人としての古田に、彼の清楚な生き方がもたらしたであろう弱点に思いをはせたのである。『死の懺悔』『死刑囚の思い出』の二冊を通じてにじみ出ている古田のピューリタニズムは、温良な官吏の父と貞淑な母とを中心にした大正時代の富裕ではないがやや安定した温かい家庭の雰囲気のなかで培われた倫理観の上に咲きでたものであろう。

古田が彼の思想と信念とに忠実に生きて死んだということによって、彼の倫理観が日本と大正時代との未解放なものから脱却しえていたように正当づける理由も必要もないと思う。

「その頃、古田君にすでに美しいきわめて純真な恋愛のあることを私は中浜からきいていた。……中浜は、古田君の気持を察して月に一度はかならず東京へかえした。古田君もまた月に一度は愛人の顔を見ないとへんに憂うつになったらしい。しかもその恋は文字どおりの面影だけの恋にすぎないものであったらしい。だからこそ、なおさら純真であり、情熱的であったのだろう。

美しい朝あけの雲のようなほのぼのとした恋愛が古田君にあることをきいたとき、私はいちばい古田君がすきになった。そしてこういう人こそほんとうに真剣の恋ができ、同時にほんとうに真剣な革命の仕事ができるのだ、ということをつよく感じた。その頃から私はいつとはなしに古田君を全人格的に信頼もし、また友人以上の敬意を払うようにさえなったのである。」(『続・わが文学半生記』)

こういって江口は、しばらく起居をともにしたときの古田を回想している。

江口がこのように古田を「全人格的に信頼し」「友人以上の敬意を払うようになった」とはどういうことであろうか。

この、プラトニックな愛情を秘めて、断頭台に上った古田の心情を、うつくしくないなどとは誰も思うまい。しかし友人以上の敬意、とは同志ということであろうか。師表と仰ぐというような心でであろうか。大正末期の江口渙は、小説家ないし評論家として知名の人であり、古田に十幾歳の年長である。その江口がこれほどにいう古田の、自律自戒の生活日常は、古田を無二の同志としてテロリストの道を歩んだ中浜哲の放漫さおよび彼ら一党の生活とくらべて、清潔そのものといえるものであった。だが、中浜の奔放大胆な活動にくらべて、古田の内省的な起居と明晰な風貌とそのかくされた恋愛とにかぎりない尊敬をよせるというとき、文学者であり共産党員でもある江口渙のどの部分が、どのように古田に共鳴し、讃美するのであろうか。

絶対権力国家のピラミッドの頂点に向かっていわゆる大逆罪を犯そうとするものとして、古田のとったあきらめの恋愛態度は、その引込思案に逆比例する愛情のつよさとして、是認されているらしい。古田への信頼は、日常生活の端正とその恋愛によってつながれているようだ。それが悲壮可憐で、うつくしいとそう考えられているのだ。

古田はある時期労働運動社[*2]にもときに出入して岩佐とも面識があり、彼の死刑から三十一年後に教誨師藤井某の宅から発見された遺書[*3]（絞首台に上る朝かかれたものと推定される）には近藤憲二、加藤一夫とならんで江口渙、岩佐作太郎の宛名が連記してあった。それほどの間柄として、岩佐の『死の懺悔』評の現実的な理解は、文学者江口渙をはじめとするやや俗っぽい庶民的な感情をもってはいない。彼らのテロリズムを是認すると否とにかかわらず、革命運動について考えるものにとって、この岩佐の批評の意味は重いものであるはずだ。

ギロチン事件、福田狙撃事件の関係者十数人のうち、このような清潔さは古田大次郎ただ一人のもので、賞賛は亡き同志からも、現に生きのこっている者たちからも、江口のような知人からもおくられたが、テロリスト古田を清浄不犯にとどめたものが肉体的不足でなかったとすれば、明治、大正の社会と家庭との与えた倫理観こそ、非人間的な効果をあげたものだというべきではあるまいか。青年の情熱に駆られることからの抑制を美徳とたたえるのは、内部に克己を強いることで青年期の心身の暴発的昂揚と反抗とをとどめることに道徳の意義を知っていた封建的支配のイデオロギーである。

しかも、ギロチン社内部での古田の信望は、この彼の自己抑制によって培われたものであった。日ごろ放蕩無頼の同志たちもまた古田のピューリタニズムを認めて措くところなかったのは、彼らの倫理観が封建性からの未解放に支えられるものの多かったことでは、互いにまったく同類であったともいうべき前近代性である。

ギロチン社のなかの古田の位置について河合康左右は書簡集『無期囚』[*4]でこう語る。

「富岡（中浜）は主義者として先輩的尊敬を受け、友好関係の多いことから自然代表的中心でありました。倉地は年齢の上からです。そして強奪の主力として中心的人物でありました。古田は監査役としてであります。倹約の本尊として憚られたものです。古田の前では猥談も遠慮した程でありました。」（布施弁護士への手紙）

河合をふくめてこの四人がギロチン社の中枢であり、大逆罪の企図を最初からもっていた人びとであるが、行動力のある他の三人にくらべて、年長先輩の同志にも猥談をひかえさせた古田のストイックな存在は特異であり、同志の彼におくる信頼が、小説家江口渙のものと同質であることに注目せざるを得ない。

日常の起居にまねのできがたい静かさをもち、それだけに行動的ではなかった古田大次郎が、中浜や小西、その他の野放図な生活態度のためにしばしば崩壊の危機におちたグループの中心にあって、その安全弁となっていたということは、古田の位置の重さを知るとともに、また同時に友人同志に厚く自らに薄くすごした、そのような古田の存在によって保たれたというテロリスト団の性格の根底的な弱さを語るものであり、テロリズムの成功率のひくさを予測させるものでもある。彼らが喜んで読んだ、ロープシンの二著『蒼ざめた馬』『黒馬を見たり』の、ロマンチックな夢とすら、はるかに低く距たるものである。中浜や河合の強掠と遊蕩は、ロープシンの物語の日本版的行動ではなかったかという類推もできるかもしれないが、古田の道徳観には汚れることのできない弱さも目にたつのだ。彼を全人格的に信頼し、また友人以上の尊敬を払ったという江口渙も、彼の前では猥談をさしひかえた同志たちも、テロリストとしての失敗を彼の日常の謹厳に結びつけてカバーしようとする彼の後輩たちも、彼のかきのこしたものにうつくしい倫理性を認めたジャーナリズム、あるいは裁判長宇野要三郎のごとき存在等々、文学者から裁判官までのひろい層にささえられるこの道徳観倫理主義の共通件には、昭和に生きのびている明治、大正の息吹がつよすぎる。

この事件の東京の裁判長宇野要三郎は「呪われた法服時代」(『文藝春秋』一九五六年三月号)のなかで「私も四十年に余る判事生活中、ただ一回だけ死刑の宣告をしたことがあった。法服の履歴のうち、これは特殊であり、またそれだけに忘れ難い」といって、次のように古田を語る。

「殺人、殺人未遂及び強盗未遂で、私はこの古田に死刑の宣告をした。彼は悪びれずにこれを受けた。もっとも、公判の冒頭から実に素直な態度であり、この青年がそんな大それたことをと眼を疑うことがあったのだった。

弁護士がその最終弁論の最後で、習慣どおりに『これで、弁論を終えるが、何か言うことはないか』ときいた時も、彼は、『何にもお願いすることはない。私が刑を受けるのは当然のことなのであるし、またその覚悟も出来ている。ただ一つ、刑の執行は是非とも菊の花の香る頃にしていただきたい』と、ただそれだけ言った。

そして、判決文朗読が終り、贅言ながら控訴をすすめる私の言葉にも、その必要はないと言いきり、ただ菊の花の香る頃に死刑にしていただきたいと、前の言葉を繰返すのだった。その態度は実に泰然としたもので、私のまぶたの底にこびりついている。」

古田のそのいさぎよさには人を感動させるものがたしかにある。同時にどのように宇野にほめられようと、それが敗北の姿であることにかわりはない。裁判官宇野の感動は敗者への同情と、権力者側の法に立って裁くことの不安とにつながっているが、それは支配者の道徳の埒外に出るものではなく、それを支えたものは、古田の死を見ること帰するがごとき前近代的な潔さである。

ギロチン社の首を締めたものは、中浜や河合や倉地の大胆不敵なユスリや強奪よりも、古田が企画して自ら実行にあたった小阪事件であった。『死刑囚の思い出』は、古田自身その失敗について回想している。

「……僕はちゅうちょせずに、発止と目つぶしを年寄りのトランクを下げた男の面上に投げつけた。同時に短刀をスラリと抜いて、男の面前に突きつけた。そしてトランクに手をかけようとした。活劇ははじまった。

相手は何かわめきながら、トランクを胸にかかえた。もう一人の若い男は、矢庭に僕に組みついて来た。……トランクを胸に抱えたまま年寄りの男は、打伏しとなった。僕は彼の背中の上に前かがみとなり、小川は彼の頭近くに立って、二人とも、そのトランクを引き出そうとあせった。その時、ふと気がついて見ると、僕の右手に持っていた短刀が、彼の腰の上部と思えるあたりに突き刺さっていた。

それに気がついた刹那、僕はギョッとした。いつ、短刀が突き刺さったのか知らないくらい、刺さる時手ごたえがなかった。僕は急に恐ろしくなった。」

こんなふうに古田は銀行員をころし、資金を獲得しようとして失敗した。いつ短刀が相手に突き刺さったかもしらぬまに彼は殺人を犯してしまった。行動力において、中浜にはもちろん、倉地にも河合にも劣ることを自ら実証した。直接の行動に勇敢でなくとも、テロリストの役目には、計画し、準備し、実行を組織する仕事もあるが、小阪事件は古田が自ら企画し、自ら現場に立って目的を逸し、目的以外の殺人という失敗となり、ギロチン社が究極の目的には手もとどかず壊滅するに至った直接の因となった。

古田の日頃に免じて誰もとがめようとはしなかったが、その日、かくれ家に帰ったとき、「座には中浜と仲と小川と内田がいた。暗い色が皆の顔に浮んでいた。話はともすれば途絶えた。そして皆は目を伏せて思い思いに何事か考えこんだ」(『死の懺悔』)のであった。威嚇して行金を奪取するはずだったのが、金は得ず人を殺してもどったことの落胆と、またそれのための前途のくらさが、目に見えるようだ。河合康左右の他四人が小阪事件のためにまもなく逮捕された。「古田は鈍い男ではあったが、間違いのない男だった。真の同志たり得る素質をもっていた。僕はああした男は一生に二度と得られないような気がする」とまでいった河合が、獄中からその同じ手紙のなかで、

「いくらかの金なりと集めた上で、男らしく身を引こうとしたのだがそれが出来ないうちに小阪事件が突然発してしまった。不幸にして中心人物という地位から僕もこの事件につながれて、実行者同様もしくはそれ以上の、重大犯人にされてしまった。それは不思議な運命だった。」（『無期囚[*4]』）

といって、おもい溜息をもらす始末ともなったのである。「小阪事件が突然発した」という微妙な言い方には、それがギロチン社全体の計画でなかったこともうかがわれ、河合の手紙にそれとわかる、同志間のあるギャップを埋めようとして企図されたらしい小阪事件が、みじめに終わって、河合をはじめ小西、内田、小川、茂野（弟）らのメンバーをこのときに失い、残された彼らは急速に目的に突き込まざるを得なくなった。爆弾を入手するための朝鮮との往来や、その資金のため武藤山治恐喝となり、中浜を失う羽目となった。知らぬ間に短刀で刺殺していたという失敗は、それは古田の、ただ一人謹直に酒も呑まず、女も買わぬ弱さにつながらないか。そして彼自身の道徳観にもテロリストの目的にも、違反したのである。

「……彼らはリャクを働いては、いまのにすると数万の金もたちまち湯水のように使いはたしてしまう。酒と遊蕩だ」（『アカハタ』金達寿）のような悪徳無頼がもうすこし身についている古田であったら、「あげくのはては強盗まですることになり、目ざす相手には一指もふれることも出来ずに、何の罪トガもない銀行員を殺して死刑になる」などと、戦後の小説家などにわられる必要もなかっただろう。日常の生活のなかに自己を解放しえなかった鬱屈性は、日ごろの念願に反し、行動にあたって、おのれを十分強く自由に活躍させえなかったという、うらみをのこした。

それにしても、彼我の力のはなはだしい懸隔のなかで、革命的意欲にもがいた人びとの、その内面の苦悩の意味を、大正時代の日本の歴史の上にとらえようとする文学者は、ここらにはまだいないようだ。ギロチン社事件を回想して、そこに一人の気持のやさしい青年の失敗の行為をのみ追慕するということは、そのグループが自らを殺すことにのみ行動の意味を見ようとした出口の塞がれたニヒルを、確実にわれわれのものとすることのできなかったことと、同じものである。

畏友・有島武郎

『続・わが文学半生記』の「那須温泉の夏」の最後にこういうところがある。

「私は中浜にたのまれて有島武郎への依頼の手紙をかいた。中浜はその手紙をもって東京へ帰って行ったのだ。やがて河合康左右と二人で麹町六番地の有島武郎の家をたずねて二千円もらった。それがちょうど有島武郎が美人の婦人記者波多野秋子と軽井沢の別荘で心中するために家出をするその前の日の出来事であった……」

これは有島とテロリストたちとのかかわりあいについて江口渙がふれたただ一個の記述であるが、有島については中浜も古田も獄中でかいたもののなかで語っている。また江口がかいたことについては最近、元ギロチン社のメンバーであった小田栄にきくこともできた。

晩年の有島武郎はアナキズム思想の持主であったといわれているが、有島自身、「生活革命の動機」という講演のなかで「私が自分の財産を凡ての社会に提供したのは……私有財産というものについて私が次第に罪悪を感ずるようになった事が、主な原因となっています。勿論現在のようなわが国の社会組織の中にあっては、全然私有財産を無視するわけにはゆきませんから私も、出来るだけ働きもしましょうし、お金を溜めることもあるでしょうが、ただ親譲りの有り余る財産を受けついで豪奢な生活をすることは、矢張り罪悪ではないかと考えるのです。ひっきょう、以上申上げました事が原因ともなり、動機ともなって、私は自分の生活を変えることになったのです」(『文化生活』一九二三年四月号)と語っており、またそのすこし以前に読売新聞に発表した談話筆記「革命心理の前に横たわる岐路」では、

「私の立場から云えば……要は各個人のテンペラメントに拠るものであると論ずるが故に、自分自身の行くべき道に順応して進退しつつあるのであるが、強いてその何れに属するかといわれるならば、アナーキストであると答えるに躊躇しないものです。」

と、はっきりいっている。

アナキストだと自分からいうことのできる有島武郎だから、中浜はわざわざ江口に依頼の手紙をかかせたのだろうか。中浜は有島と、この時期にもう面識があったのか、なかったのか。依頼状を必要とするのは普通には面識のなかったことの証拠であるが、中浜がかき残したものでは面識があったようになっている。

江口がかいた（？）依頼状をもって有島を訪問したのは、中浜と河合ではなく、河合と小田栄の二人であった。小田はその後ギロチン社を離脱したが、このときの有島訪問によって動揺を感じたことがその理由の一つであったと語っている。

中浜は獄中作品「黒パン党実記」（これはギロチン社内部の人間関係にもふれた回顧録である。『祖国と自由』一九二五年十二月号『黒パン』所収）のなかに、ギロチン社と有島とのかかわりあいを「虚無の雌雄」という一節で述べており、それによると中浜と有島とは、かなりしばしば語り合った間柄のように述べられている。

河合と小田が持参したものが、江口渙の手紙だったか、中浜からの手紙だったかについてはもう小田にも記憶が判然としないというが「黒パン党実記」と小田栄の話によれば、そのときの訪問のことは、ほぼ次のようである。

河合と小田は、有島の週一回の面会日を待たずに面会を申し込み、応接間で待っているうちに、卓上にあった有島の個人雑誌『泉』の「独断者の会話」に目をとめると、そこにこんな意味のことがあった。

「毎週面会日には三、四十人の訪問者がある。その中には失業者、社会思想家、社会運動家といわれる人々が多く、文学者はあまり来ない。社会運動家の中の著名な人もあまり来ない。多くは金銭のはなしになるが、なるべく応じている。その来訪者の話によって思想家や運動家同志のアツレキのひどいこと、相互に冷淡なことを知っている。……

B。その訪問者たちは君の思想に共鳴しているのか。

A。Aの思想は机上の空論で、有閑階級のネゴトで、日和見の迎合説で傾聴するに足らんと思っているらしいが、面と向って云う人はない。時々純粋な労働者が来てくれることがある。そういう人に会うと蘇生の思いがする。すこしも悪ずれしたところがなく、健かな体力と目の色の澄んだ知識があり、こういう人だな、時代を救ってくれるのは、と思う。しかしそういう人はたまにしか、私の所には来ない。」

河合と小田はこの記事を読んで、自分たちの用件を考えて尻ごみを覚え、今日のはなしはうまくないように想像しているところへ有島が出て来て、希望の金額を快くくれることになり、それを三日後に受け取りに来るようにと約束した。それから有島は河合と小田とを相手に話しはじめたが、それは革命運動とテロリズムについてであった。そこを「黒パン党実記」はこんなふうにかいている。

「豊島。……ニヒリズムの根本的意義がどうであろうと僕にはそれをどうすることも出来はしないのですが、その行為上の解釈になるとちょっと考えさせられるんです。積極的にか、消極的にか、何れか片っ方の道を辿らねばならないのではないか知らってね？思うんですよ。

広田。そうなると、つまりニヒルにも雌雄があるということになりますね。

豊島。そうなんです。そこなんです。

釈迦や老子やトルストイの偉大さを私が疑うわけはないが、同時にヘルチェンやチェルニスシェフスキーやツルゲエニエフの思想にも育まれた当時のロシヤの若いナイヒリストの気持や行動も買わねばウソだと思うんです。といって自分は貴君たちの中へは飛込めないんです。大沢君に会うたんびに話すんですが、この頃は貴君たちが羨しくてならないんです。

小城。そうすると僕らが積極的で、貴方が消極的とでも？

豊島。これは単に生活的環境や性格の相違からだけじゃないと信じます。僕はこの雌のニヒルにつかれていると思うんです。」（註・この豊島が有島、広田が河合康左右、小城が小田栄で、大沢が中浜ということである）

小田栄によれば、このときの有島の話しぶりはもっと熱があり、意見はもっと積極的だった。

「自分はニヒリズムの存在は認めるがテロリズムは認めることができない。愛の思想のない革命には与することができない」といい、また「ニヒリズムに立つ者はテロリストでなければならない」というにたいし、「愛のためには死も辞さないが、憎しみのために人は殺さない」といってゆずらなかった。このときは有島の方から積極的に二人をひきとめて二時間近くも話したというが、別れるとき、さきの約束について「自分は旅行に出るようになるかもしれないが、当日はきっと解るようにしておくから」といった。三日後に二人は留守の有島家でその約束を果された。

小田栄は、弱い人だと思っていた有島の思想の方がつよいんじゃないか、という疑問をもった。その以前からギロチン社脱退のきざしを見せていた小田ではあったが、そのときの小田の内心の動揺については、小田のはなしとは少し食いちがうが、中浜もふれている。はじめに行ったとき、

「いくらかの金を貰って有島家を辞した二人は、外に出てその金額をしらべてみると予想よりずっとすくなかった。広田はすぐ独りでひきかえした。

豊島。そうでしたか。それは失礼しました。して小城君はどうしました。

広田。小城は、あなたの「独断者の会話」をよんだから今日はどうしても引返す気持になれんと云って外で待っています。しかし、必要な金なんですから、鉄面皮かもしれま

せんが、更めてお伺いしたんです。

豊島。私は貴君の態度が羨しくてなりません。解りました。額を云って戴けませんか。

広田。この二十倍くらいほしいんです。

豊島。承知しました。今手許にありませんから、明日午すぎに来て戴ければ、きっと間に合わせます。実は私も今日午後から旅に出ようと思っているのです。当分お目にかかれませんから。」（「黒パン党実記」より抄録）

中浜はこの話を後に獄中でかいたのであり、江口渙も誰かにまたぎきして、有島が中浜らに二千円やったとかいたのであろう。このはなしにはいくらかずつ食いちがいはあっても、テロリストたちの回想には有島武郎にたいする尊敬があふれている。

有島は、

「豊島。貴君方は皆、独身論者らしいですね。

広田。否！　独身実行者です。

豊島。それでは性欲の満足は？

広田。そうです。都合よく金があれば××××。貴方からいただく金も多分その一部分になるかもしれません。金のないときは、仕方ありません。抑制するか自慰します。

×××××××××××大抵の場合、それに応じます。こっらに故障のない限りは——」

などと語ってはばからない青年たちにたいして、アナキストの自覚に立つという責任感から、一片の口約束を、死を見つめながら実行したということによって、小田栄に、愛の思想のつよさを思いしらせたこと、そこに知行合一の精神力を見るべきだと私はひそかに思う。転向して去った小田栄のみにかぎらず、ニヒリスト、テロリストの集団ギロチン社の人びとに有島がのこし与えた感動は、「Aの思想は机上の空論だ」と半ば軽んじ利用したかもしれない者たちが後々まで示した回顧にはっきりのこっている。

古田大次郎は『死の懺悔』で、

「有島氏は、私財をなげうって社会運動を助けた。……自分が彼の位置にあったら果してそう出来ただろうか？　有島氏のように愛のために、喜んで自ら死ぬことが、どうして自分などに出来ようか。」

といって、恐らくは生前逢う機会もなかっただろう人を追想しているが、おのれの愛をつらぬくことをやめながらテロリストとして失敗したことを回想しているようでもある。

中浜には前記「黒パン党実記」の他にも、彼の有名な詩「杉よ！　眼の男よ！」のなかにこんな言葉がある。

死を賭しての行為に出会えば、
俺は、何時でも
無条件に、
頭を下げる。

親友、平公高尾はやられ、
畏友、武郎有島は自ら去る。
今又、
知己、先輩の
「杉」を失う――噫！

一九二四年に発表した大杉栄追悼の長詩のなかで中浜が、革命後のロシアに最初にはいった日本の労働者の一人で、その前年赤化防止団長米村某を襲っての帰途背後から射殺された高尾平兵衛と大杉栄とにならべて、有島の名を記していることは、ギロチン社同志たちの、有島への関心のふかさを示しているものである。だが有島とギロチン社の人びととのこのような挿話はあまり知られてはいないらしい。

江口が『続・わが文学半生記』で有島にふれてかいたことを、有島の「独断者の会話」の上に重ねて早合点すると、週一回の面会日にあつまってきて金銭の寄附を強要した社会運動家なるものが、アナキストまたはテロリストたちだとする御都合な後世のうわさばなしともなりかねない。

『新日本文学』（一九五八年八月号）の「鼎談・文芸時評」が、平野謙の「日本のテロリスト」にふれたところでこんな話がとりかわされている。

「野間　それは例えば、有島武郎なんかみた場合に、有島武郎はそういう暴力的なアナキズムというものに、いつも金をせびられて出していたわけです。（傍点秋山）

奥野　でていますね。

野間　そして一方では、出すまいという気も起しながら、また思い直して出したりする。」

「でていますね」という奥野健男の発言は無責任ではあるまいか。藤森成吉の戯曲「犠牲」（『改造』一九二六年）の第三幕には有島をモデルにしたらしい人物の応接間に、二人の無政府主義者と自称する男が登場して金銭の強要を拒絶され悪口雑言して去る無頼漢的な場面がある。野間の発言はこれあたりにヒントを得ているかもしれないが、作者が数年前『人民文学』に日共の党内紛争にことよせて「分派」という下卑たモデル小説をかいた藤森だからということからではなく、中浜、古田、小田らの回想からみて、有島に金をせびりに来たもののすべてが「暴力的なアナキズム」だというまでの断言は憶測がすぎよう。少なくとも有島がかいたもののなかには、金もらいをアナキストとだけ結びつける理由はないように思う。

野間宏の編著『青春と革命』（河出新書）の冒頭にはこうかいてある。

「青春時代は人の一生のうちで感情と理性がもっとも烈しく活動する時である。未だ世俗と社会の通念に汚れていない青年は社会の不合理、不正、不平等などにこの上ない怒りを感じ、未来や希望や幸福をはげしく求めるものである。これが青春に固有の特徴である。ところが民衆の生活が圧迫され、支配階級がおしつけてくる不正や不平等や封建的な差別をうち破り、虐げられている人間を解放し、民衆の自由を現実のものとするたたかいが革命である。」

青春と革命との関連をこのように述べて、そのたたかいに挺身した明治以来の人物三十一人を羅列したなかにアナキスト大杉栄を逸しているのは、大正の社会主義運動や文学運動における筆者の無知の現われである。有島邸へおしかけて「出すまいと思ったり、また思い直して出したり」の目にあわせて有島から金銭を強要した者が、アナキストだとする早断と、『青春と革命』の編み方とに共通するものは大正期の社会運動への造詣の浅薄さである。しかし、大正のテロリストが、少なくとも有島の信念のつよさに共鳴し、愛に命を賭けた思想とその行為とに敬意を表しているとすれば、江口がかき中浜がかいたような事実があったとしても、有島の供与にもテロリスト側の受け方にも、相互に理解の通じあうものがあったのでなければならない。だが、野間がこのくらいの理解しか示さないのは、残念ながら当然かもしれない。というのはテロリストたちの理解者として「事の成敗を問う前に、まずテロリストとしての彼らの志を書きのこしておきたかったからである」(「人はいかに死ぬべきか」『新日本文学』一九五八年八月号)という江口渙さえも、大正時代の野蛮で非合法な天皇権力にたいして、権力破壊のテロリズムの発生を「物理的にも当然だ」とまでいいながら、その時代に「ささやかながらもアナキズムの灯を守りぬいた人びとのほとんどが、テロリズムを悲願としていた」(傍点秋山)などというゆきすぎた独断におちているのだから。テロリストとして死んだ村木源次郎や和田久太郎らにしてすら、自分たちが行こうとしている道がアナキズム運動の全部とはせず、テロリズムにたいする反動によってアナキズム、アナルコ・サンジカリズムの運動が壊滅することを避けようとする配慮があったことが十分推定されている。江口の見解は、その回想のいかんにかかわらず、テロリストたちとの交友は別として、彼がアナキズム運動そのものとかかわることも知ることも僅少だったことを示している。

アナキスト即テロリストとするところから、江口の独断の多い回想記が大正のアナキズム運動の全貌だなどという高見順あたりのとんだ臆断がとび出すことにもなるのだ。これでは書評にも感想にもなったものではない。

立場の相違を明らかにし、テロリストを非として譲らなかった有島武郎の終始に、大正のテロリストたちが敬意の回想をのこしていることに、私は文学者有島武郎のヒューマニズムの面目を思うものである。

何を信ずるか

何を信ずるか。誰を信ずるか。まずうたがうこと、信ずるに足るものを発見するためには自分自身をさえうたがってかからねばならない。文学とはたやすくは信じないという道を歩もうとするものである。自分がこうだと信じて行動していることについてさえ、客観的な、また主観的なうたがいを時々見ようとする努力を失った場合、そこにはもう文学はなく、自己もまたない。

平野謙は『続・わが文学半生記』をよみ、大正のテロリストたちの失敗の跡をみて、これは革命の戯画ではないかと考えたという。大正のテロリストのみならず、戦後の革命運動が平和革命の進行と成就を信じて民主戦線の統一を呼号してきた幾年かをふりかえって、平野のいう革命の戯画はまだまだつづいているという感慨を消すことはできない。しかしまた真摯な革命活動が戯画にもみえるという歴史的な事実を見すごしてはならない。敵の力がわれに数十倍し、また数百倍して勝負にならなかったというとき、外見上そう見えることは大いにありうることだ。一九〇三年（明治三十六）以来の反戦運動が空しきにすぎた犠牲の感すらなくもない。一見して彼我の力が隔絶して成功のめどを見いだしようもなくすぎてきたのがわれわれの歴史であった。一見して彼我の力の隔絶の事実のなかには、政治、経済、文化の組織とその作用する力の他に、革命運動に従う人びとのその人間の内部と、したがってまたその人びとの集団とを支配するものの内側に深く巣くっている古くして傲然たるもの、すなわち敵方のイデオロギー、敵方の仁義と常識と習慣、敵方の倫理が、意外に重要な敗北の要因となるべくわれらのなかに抜きがたく存在していることを、身をもって想起しておく必要があろう。

大正のテロリストが、実力を発動することもできない以前に、摘みとられた主要な理由は、彼らの世界観——己れを殺して権力に迫ろうとする意欲にもかかわらず、己れの内なる弱さと古さにしてやられたのであった。ギロチン社が内部的につねに動揺して崩壊の危機を孕みつづけていたことも、小さな利己の疑心暗鬼から、計画遂行へのかたわらに、テロリズムそのものへの疑問、目的への不安につきまとわれていたことも、そのためであった。そのようなことをとうに越えてきているはずの、目的を誓い、盟約をむすび、死を予約した者たちの間の不一致は不思議なことにも思われようが、命一つを一切ととりかえようとする人びとにたいしては、現世の享楽も放縦も、またこれをとどむべき倫理もないと互いに思いこんでいたのであろう。

つまりそういうニヒリズムの弱点が、国家権力の頂点に突撃してそれを斃そうとする目的の価値にすら疑問をもった瞬間があったのではないかと私はうたがう。

平野の「日本のテロリスト」を読んだ江口は「人はいかに死ぬべきか」をかいて「古田大次郎に代表される日本のテロリストの精神構造を、どう見たらいいいか、一言でいえば『前近代的な、あまりに前近代的な』ということであろう。前近代性は非科学性と表裏一体をなす。同時に客観性の無視でもある」という言葉をつけ加えた。

ギロチン社事件にたいする私のうごかしがたい感想の一つは、ここでは江口とやや一致する。だが昭和にはいってボルシェビィキになった江口が、そのときから三十年たってようやくこれをいうのである。しかも江口の古田大次郎にたいする感動は昔もいまもかわっておらず、そのなかから前近代性を云々し、「客観性の無視」と批評することは矛盾を感じさせる。縮刷版『死の懺悔』（一九二八年）の付録に宇野浩二が「この本は人の心を感激させると共に、人の霊を静めてくれる。こういう稀な純粋な心を持っていて（純粋という点では女の腹から生れた人の中で、この人より純粋な人は少ないであろう）こういう不運な運命にめぐり合わせて、こんなに厭味なく、こんなに自然に、自分の思いを、友人について、恋人について、父について、家庭について、姉妹について、自分について、雀について、紙の折鶴について、社会の不正について、語れるということは驚くべきことである。これは一番いい意味で芸術的であり、宗教的でもあり、哲学的でもあり、そんなむづかしい言葉を止めて、何よりも人間的である、一口にいうと、この本は『愛』の本である」といったことや、同じ付録での広津和郎や倉田百三の「思想や行動は認めがたいが人間性に感動する」という感動と、江口の三十年後の、つまり今日現在の意見はなお同じ地点にたっている。でなければ、『続・わが文学半生記』そのものがかきかえられなければならないことになる。

テロリストたちの精神構造と日本の私小説との根が同じところにあると見た平野の意見以上に、大正に芽生えて育ち、昭和にはいってあわただしい花をしぼませたプロレタリア文学の歴史が、またまったくそうであった。文学ばかりか、ギロチン社事件をふくめて、わが国の社会革命運動の、ことに戦後、日本共産党の盛衰的現象のみじめさのなかにもそのまま適用されるべき日本的精神構造の問題である。

「『絞首台にのぼる者にはすべてが許される。悪魔と取引きすることさえも許される。それは自分のいのちと取換えることだから。』……それがギロチン社の若い者に受け入れられると、脅喝と掠奪による放蕩無頼の生活さえもが、テロリズムの名において許される。……彼らはじつはテロリストでもなければ革命家でもなかったのだ。ただ、テロリズムという気分の中に陶酔して、その日その日を浪費する人生の消費者にすぎなかった。いわば革命的デカダンスとでも云えようか。」（「人はいかに死ぬべきか」）。これは最近の江口の言葉としてギロチン社へ投げられたものである。しかし、こんな感想を述べることなどは、いとたやすいものだと私は改めて思うのだ。

時の日本国家の首脳が、虎の門事件、朴烈事件とつづいた後に、さらに大逆事件として摘発する勇気をもっていたら、幸徳事件以上の規模をもって彼らはのこらず絞首台に運ばれたであろう。歴史に洗い出された実績とそのマイナスを計算していうのであれば江口渙の筆を借りるまでもない。友情と愛情によって彼らの志をつたえるために「思い出」をかいた江口が、彼らを革命家でもテロリストでもない、デカダンスだといい切ることは、どういう友情であるのか。あるいはここに、かつてテロリスト団に加入を求められて辞したことへの引け目を裏がえした江口の、江口自身も十分には気づかぬ三十年後の敗北感とないまぜられた優越感がかくされているかもしれない。友情とは、やはり彼らの志行に歴史にたいする必然と主観的には正しい意味を見るのでなければ、秘しかくしておくべき一片の私情にすぎない。

「テロリストでも革命家でもない」という江口の批評はあまりにも常識的な、それは今日の目だ。彼らの行動にひそかに協力し、理解とふかい同情をもってなされたはずの二十数年前の江口自身の行動がどう自戒されているのかしらないが、ボルシェビィキへの転向ということをもってそれにあてるのであれば、それは願い下げにしたいものである。『続・わが文学半生記』のなかのまちがい、あるいは大きな疑問とおぼしき記述は、ここらの江口の心境とかかわるものがあるように思われる。

一九二四年九月一日に東京本郷の燕楽軒附近で、福田雅太郎狙撃に失敗して和田久太郎が捕縛された後は、村木、古田、倉地の三人だけがのこっていた、そのアジトを、拷問に耐えかねた和田が自白したのだとして、

「……市ヶ谷刑務所から和田久太郎の身柄をかりてくると、強力犯係り一流の残忍さで徹底的な拷問を加えた。気絶させては息をふきかえらせ、また気絶させては、息をふきかえらせ、まさにいのちのきれそうになるぎりぎりの線まで、つきおとしては何度も責めさいなんだ。さすがの和田もついにまいった。そして、蛇窪のアジトをとうとうしゃべったというのである。」(『続・わが文学半生記』)

とかいた江口渙はその以前にも小説『虚無の花』(一九四七年)のなかで同じことにふれて、和田にあの手この手の拷問を加えるところを八頁余にわたって描写している。強力犯特有のあくことのない新手新手の拷問に、ついに和田は屈した。和田の心の苦闘が肉体の苦痛に負けてゆく過程は、自白の責任が和田になく、拷問を加えた者の側の罪悪であることを主張しているものかとも思われた。だがついに和田に自白させた。江口は和田を信じ切れなかったのである。

『続・わが文学半生記』の記述はたいてい、誰々にきいたとか、自分が経験したとか、その出所が明らかになっているようだが、和田の自白のみについてはそれがなく、この話の出所に

ついて私はあるとき江口にたずねると、「終戦後間もなく、東京駅で出逢った元特高の某にきいた」というのが江口のそのときの答えであった。

『続・わが文学半生記』をよんでいかにも奇妙に思えてならぬのは次のところだ。

「その晩、警視庁に留置されていた者の話によると、夜も十二時をすぎたと思うころ、俄然道場で大宴会がはじまった。そして、さんざっぱら飲んでうたって、うたいまくって、底ぬけさわぎをしたあげく、二時すぎになると、一せいにどこかへ出ていった。それがすなわち、蛇窪のアジトを襲うための大出動であったのである。拷問にかけられた和田の自供で、アジトにはピストルが五ちょうとバクダンが十五あることがわかった。それで決死隊を組織して強引に襲いかからせるために、こうして刑事どもを酔っぱらわせて元気をつけたのである。」（傍点秋山）

警視庁では酔っぱらわせて捕物に向かわせる習慣があったかもしれないが、それにしても「その晩、留置されていた者の話」というこの出どころは心細く、また和田の自供で「アジトにピストルが五ちょうとバクダンが十五あることがわかった」というのはまったくばかばかしい。戦後ではあるまいし、五ちょうものピストルが入手できようわけがない。そう簡単にピストルが入手できるなら、江口がかいていたように、博徒に金をもらって、ピストルの買入れに倉地啓司が奔走する必要もなかっただろうし、和田も旧式の蓮根ピストルで失敗もしなかっただろう。はなしはまったく出来すぎている。

かりに和田がアジトを自供したとしても、バクダンとピストルの数までしゃべることはあるまい。冗談にそれをいう気力が、拷問に屈して人心なく自供したとすれば、もう和田にはあろうはずがない。

和田が自供した、というのは元警視庁特高の言葉である。たしかに戦後すぐのとき、もう彼は元特高にすぎない。牙のない犬になった狼だったかもしれない。日本共産党員江口渙はあるいは戦後革命の来る日のような晴々しい気持で元特高の自白をきいたかもしれない。共産党の幹部が濠端の第一生命ビルに出入して「解放者マッカーサー万才！」と叫んだ頃のことである。「和田が自白したんだ」ときいたとき、江口は昔の同志よりも元特高の言葉を信じたのである。その「信」のうしろには、平和革命の、そして勝利者の自己幻影があったのかもしれない。「もう世の中は変わったんだからヤツラもオレたちにウソはいうまい」という気安さがあったのでなければ、特高のいうことなど、すなおに呑みこめようわけがないのだ。

ギロチン社事件からもう二十年以上もすぎて、江口はその人びとにも事件にも、客観的に見うるようになっていたか。おそらく「否」である。むしろアナキストあるいはテロリストの名をもつ友人たちにたいする逆な主観のはたらきが生じていたのではないか。でなかったら、和田の自供云々を、元特高の証言でやすやすとは信じ切れまいし、ましてその自供のなかに「バクダン十五、ピストル五」などのバカげた数字、すなわち元特高の言の不信のこんな証拠を、鵜のみにすることはないはずだ。こんなピストルの数など江口の捏造《ねつぞう》かもしれない。

これについて倉地啓司の思い出ばなしを一つ紹介しておきたい。九月二十日（一九二四年）すぎに大阪で捕えられた倉地は、一日でもと白をきって、偽名で通していたが、三日目に下阪した警視庁の刑事三人の前で、「倉地啓司」なることが明らかになり、鳥野勇吉の名で働いていた広島県安佐郡間《ま》ノ平《びら》の発電工事場から、ダイナマイトを持ち出したこともそのときは調べ上がっていた。警視庁が一番恐れていたのは爆弾に用いたダイナマイトがどういう経路で供給され、どんな背後関係があるかということだった。その経路と倉地のことをもらしたのは古田大次郎である。九月十日早暁に村木とともに逮捕されたとき、古田はもう倉地一人しかのこっていないこと、つまり完全な敗北を認めて、ときをおかず引致された元官吏の父親のたっての願望にそって警視庁留置中にダイナマイトの経路を自供したらしい（後に公判廷で出あったときそのことを倉地に洩らしている）。そのとき大阪で倉地が見せられた投書は、警視庁宛のものので、小西松太郎の紹介で小西武夫がしばしば送金を得ていた兵庫県加古川の某のものであった（武夫はこの事件で無期になった小西次郎の兄で七年の刑、松太郎は従兄で四年の刑を受けた。また爆弾の外装を新谷与一郎の手によって京都府下でつくらせた資金も、この某の供与であった）。某はギロチン社の存在も東京府下荏原町上蛇窪のアジトも知っており、投書は松太郎、武夫との関係、そしてギロチン社と自分との無関係を述べたもので、この手紙から蛇窪のアジトが摑まれたものだと倉地は語っている。

私はこのはなしには、まだいくらか不確かなものがないかと思っている。和田の逮捕は九月一日、村木、古田の逮捕は九月十日、そしてその手紙の到着が一九二四年の九月の何日か、ということがはっきりわからないからである。しかし外部でアジトを知っている者が自分の安全をはかって、警視庁へ投書したという事実は見逃すべきではない。

何を、誰を信ずるか。江口は昔の友人同志よりも元特高の言葉を信じて『虚無の花』をかき『続・わが文学半生記』のそのくだりをかいた。

村木も和田も、古田も、中浜も、大正のテロリストたちは、あるものは江口によって革命的デカダンスといわれ、またテロリストでもなんでもないとまでいわれた。何ごともたやすくは信じない文学の道にたって、江口が元の同志友人を批判し非難するのはよい。そして元特高のいうことなど、この支配階級の手先となって解放のたたかいを打ちこわして来た人間の言葉もまたふかくうたがうべきであった。何故に死んだ人びとよりも、元特高の言を信じたか。この判断は小説家江口渙の思想と人間にかかわる。死んだ者たちにたいする「死人に口なし」の態度は、私の軽蔑から免れることができない。

「追いつめられた彼らはもはや復讐というテロリズムの道をすすむしかなかったようである」と平野謙は「日本のテロリスト」の冒頭で、大杉栄を失っていっそう後退をはやめたとみられるアナキズム運動の、行くべき道として、そうかいている。

この解釈は常識的ではあるが、大正のテロリズムの発生をこれだけで説明するのははなはだしく無謀である。関東大震災をチャンスとして、わが国の支配階級と軍部がとった兇暴な計画的白色テロは、昭和の治安維持法の改正、満洲の占領、支那事変、大東亜戦争とすすむプログラムの前布石であり、これと対立しておこらざるを得なかったテロリズムは、その実力の小と組織と企ての孤立とを別とすれば、大杉事件、亀戸事件、全国的朝鮮人虐殺と圧迫、朴烈金子ふみ子の事件等々、震災に乗じて渦巻いた支配階級の血の圧政に対抗する必然さを孕むものであった。

支配者側のやり方が幼稚な残虐に終始した時代に対応してテロリストの組織もまた弱く、その失敗のためにいま三十数年後の無責任な文学者たちの批評に遭っている。後世の文学者たちは大正のテロリストに、時代をこえた規律と厳しい倫理を要求しているかにも見えるのだが。

テロリストの発生を必然ならしめるような時代の圧力にたいして突撃することは民衆庶民の心の地底にひそむものの現われであるにもかかわらず、その発現を嫌悪する大衆の表情を見よ。それが日本の民衆庶民のかなしい心境である。労働運動にたいしても、社会主義、共産主義、または無政府主義にたいしても、歴史はしばしばそれを示してきた。

大衆のために死ぬことはもっとも高く自己のために死ぬことである、というかたい自己把握がなければ、テロリストは生まれない。そしてテロリストたちはその目的遂行の準備の過程で、まったく大衆とかけはなれる。古田大次郎は手記のなかでしばしば「アナキストとわれわれは違う」ということをいっている。組織悪に敏感なアナキストが、労働組合運動がとるサンジカリズムにたいしてさえも、組織上の疑問を向けようとした大正のテロリストたちは、われから民衆とはなれて孤立したのであった。前衛としての意識よりも、大衆のためという自己犠牲を、革命運動の組織にかえようとしたものである。そして民衆との遊離からしばしばヒロイズムとそれに伴なう頽廃が生まれるという、そういう陥穽に、ギロチン社もおちたのである。

「よく大衆のために死ぬことができるか。」

生と死をかけながら、なおそのことのむずかしさを、大正のテロリストらはわれわれに示した。

江口渙の思い出の記述から、私は大正のテロリストについての事実をおしえられるとともに、江口の記憶の手前ミソと理解の全く不足のすきまから、かえって事実の姿をさぐりだす手がかりが得られはしないかと思っている。同時に江口の正誤を、重要な個所で読みとれないわが文学者たちの安易さも気の毒である。

（一九五八年）

＊1――分黒党　ロシアのもっとも古い農民テロリスト団の名だという。中浜哲らは関西で多くこの名を用いた。

＊2――労働運動社　大杉栄、村木源次郎、和田久太郎、近藤憲二、伊藤野枝らが中心となって発行したアナルコ・サンジカリズム運動の雑誌『労働運動』の発行所。

＊3――古田の遺書　一九五四年に発見され、同年十月号の『新日本文学』で紹介された。

＊4――無期囚　河合康左右の獄中通信をまとめて一九三三年に解放文化連盟が出版した。河合には別に『英雄論』がある。

ニヒルとテロル

一九〇二年（明治三十五）に出て、わが国最初のアナキズム文献といわれた煙山《けむやま》専太郎の『近世無政府主義』には、十九世紀帝政ロシアに発生した多くの政治的暗殺事件とその遂行者たちのことがくわしく紹介されて、あたかもテロル即アナキズム、といった印象を受けるほどである。総破壊の宣伝者バクーニンもヒューマニストのクロポトキンもそのなかにかぞえられているる。しかもそのテロリストたちを総称して虚無主義者と呼ぶ。虚無すなわちニヒル、と考えるならば、ニヒルとテロルとのかかわりは歴史的にここに一つのパターンが示されているということになる。

アナキズムが他の社会主義思想と対立するぎりぎりの一点は、絶対的な権力否定の思想に依拠するところにある。その最大の権威としての国家という政治あるいは社会の一形態にたいして、そこに集中され掌握されている「権力」を許容しないという建前は、それを生活日常の場に敷衍して、相互協力、意志の自由、消費に基づく生産、集団にたいする個人の犠牲の拒否、というおよそ過去現在の支配体制たる国家の強いる法律道徳習慣と対立し、そのあらゆる「権威」を否定して人間個人の尊厳を最高に見ようとするところにある。

まずそれは否定として発動する。権威の否定、をいうことはたやすいが、権威を否定して国家体制の下で生きることは広汎で複雑な現実のなかに孤立孤独に自己をおくことである。いいかえれば「拒否するということは拒否される」ことでしか対等に存在するわけにはゆかない。ニヒルの思想が一つの時代の下を横行するためには、まずあらゆる国家体制下の権力機構に否定的な態度を持して立つこと以外にはない。それはいわゆる民衆にたいして国家が与える（と称する）利益、安全などの保護を拒否してしまうことである。かかるニヒルが思想となり、さらにすすんで民衆の生活の支えとなるためには、現実生活のなかの権威にたいする否定を足場とするのでなければならない。否定を足場とするとは、現実を常識的習慣的に安易に許容せぬところから再出発するということである。

否定――ニヒル、虚無主義――ニヒリズム、これら同種近縁の言葉のなかに解釈上の異をたてようとする思考の流れがある。私の見るところではそのような流派は、いかに生活しいかに生存するかの問題を外れた思弁的傾向たるをまぬがれがたく思われる。

次のような言葉がそれである。

「虚無主義とニヒリズムとは非常に違う。前者は深遠な実在思想である。後者はロシアから起った宗教的社会的文化的否定主義である。ロシアのニヒリズムを虚無主義と称するのは、東洋人が虚無恬淡の実在主義の連想から付けたので、むしろ否定主義、無視主義、抹殺主義なぞと訳した方が当っている。彼等の否定はそう徹底した否定ではない。

彼等ニヒリストのある者は科学を肯定する。愛を肯定する。人道を肯定する。社会思想を肯定する。実に雑多な肯定派が当時の社会上、政治上跋扈せる色々の権威を大々的に否定した所からその名が起ったのである。

……西洋人はニヒリズムの否定を割引して考える傾がある。ところが東洋人は割増して考える。それはニヒリズムが西洋人一般よりその否定に於て、より進んでいるからである。が東洋人の様な激しい否定ではないから、東洋人にしてニヒリズムを知らざるものはややもすればニヒリズムの包摂せる否定に割増を加える。そして自分らのそれに結びつけようとする。」（古谷栄一『虚無思想とニヒリズム』）

このような思考に私は与《くみ》しまいとするものである。

ロシアの虚無主義者のニヒルと東洋の虚無主義者のニヒルとをくらべて、前者をその不徹底なるものとし、後者をより徹底したものとしてとらえる、そこから何が出てくるか。それは現実からの逃避以外のものではない。しかもかくのごとき思考は、東洋―日本、という過程においてどこか優越的な民族主義的誇張につながりかねない。なるほど、無為にして化す、いうところの老荘的境地は平和でそして奥ぶかいもののように見える。否定、あるいは無肯定をその底辺に想定した場合、はるかに死をかけるロシア・ニヒリストの行動よりも優雅な生き方であるかのように見られがちである。

私はかかる思考を排したいのである。虚無主義とニヒリズム、漢字表現による前者をロシア虚無党にあて、東洋的思想にニヒリズムをあてる、かかる操作も余計なことだが、それよりも私は、虚無主義はニヒリズム、東洋流の無為放楽もロシア虚無党流の抹殺主義テロリズムをも、一つのものとしてとらえ、現代における一切の反権力主義を基礎とする現実的な思考の昇華をこそ考えたく思うものである。

その意味において、権威権力を無視して野垂れ死的な終末をあえてした日本のニヒリスト辻潤と、政治の権力者たちを次々と抹殺するために、自己の生涯と生命とを供出したロシア・虚無党員たちとの、「生」にたいする思考に高低深浅のちがいがあるとは考えない。

辻潤のごとき生き方には死にたいして苦悩するものがあり、テロリストの死に方には生きている時間、死までの過程の苦痛がある。前者が老人くさく後者が若者らしいとしても、この間に思想的到達の落差は考えられはしない。誰にとっても命は一度きりのものである。辻潤は、不自由の一切を拒否しつつ生きようとしたが、彼が生きるために支払った現実的物質生活の貧困のゆえの苦労ははなはだしいものであっただろう。彼はそれを心の自由にとりかえておそれなかっただけである。

つまり私はこういいたいのだ。

ニヒルとは否定である。否定に発し否定に到達する思想を体系づけようとするとき、それがニヒリズムである。権力に反逆することと集団的社会的生活のなかでの違和感にたじろがず自我を持しての生き方とは、方向においてひとつである。あたえられるものは孤立のかなしみのみである。

ある者は自由を欲するがゆえに、代議士を選挙して国の政治を彼らにまかせている、というつもりでいる。まかせている彼は政治から離れて生活に没頭することができるとする。かかる思考を私は肯定主義者という。そしてかかる思考はともすれば今日の市民的平和論の根底にもひそんでいる。彼らは自分の波立たぬ生活を無為の民の安全と思い、肯定者で自分がないかのような錯覚のなかに終始したがる、もっとも御しやすい「民」なのである。私は東洋的な無為の思想のなかにこのような肯定主義の瀰漫《びまん》を痛感しつづけている。老荘的無為の思想が常識的に反映されてかかる存在となり、かかる思惟に至るとき、それはテロルに至る虚無主義とは百八十度の両極に対置されざるを得なくなる。行動的活動的におもむくニヒリズムといわゆる東洋流虚無思想とを対置して「前者はロシアから起った宗教的文化的社会的否定主義、後者は深遠な実在思想」というとすれば、あるいはそれを認めるとすれば、われわれは私があげたような無為の思想の讃美者に近づくこととなる。ニヒルを生活にも現実のたたかいにも現わすことを拒否する思考によって「文化的否定主義者」という批評が発生するのは、それこそ「行動」の軽蔑に他ならない。それはまた、テロリズムとニヒリズムとをかかわりなき思想としてとらえることでしかない。私のようにニヒリズムを、否定にはじまって無為に至っておわる思想として一つにとらえようとする者にとって、それははなはだあきたらぬ非現実な考察たらざるを得ない。それはニヒルの社会性について考えるとき大きなつまずきとなる。孤立してわれひとりの「思惟」にひたるときいかほど徹底して、科学、文化のそれらを観念的に否定しつくしたとしても、生活の場でその思考が具体をもって生かされないとなれば、はたしてそれは、「思想」として語るに足るといえるか。思想は行動されてこそ、あるいは行動の可能性によってこそ、たとえばニヒルがニヒリズムとして存在することによって、否定ははじめて思想となることができる。

「実在的に徹底しない代り、その中途的な肯定からテロリズムが生まれた」というがごときテロリズムの理解は、しばしば平和主義的俗耳には入りやすいが、かく理解することに伴なって、無為の思想をニヒルの至れるものとし、テロルに発現するものを、至らざるものと見る風潮の底には、その背後に現実肯定の妥協精神をひたかくしにもっている場合がしばしばである。

それは現在の問題に当てはめていえば、平和市民主義をのみ最高のものとして、暴力に応ずる直接行動の肯定を低しとする、いわゆるモラリストの感懐に似て、近い。

日本のニヒリスト辻潤は、無為に徹して死んだか。そうではなく、彼は無為をふりかざして体制にたたかいいどんだ一思想家だ、といわねばならない。むしろ私はそれを主張する。「思想家としての辻潤」において私はそのことを述べた。彼の行動はテロルにいたるものとはうらはらに発現したが、権力に対立するということでは、いわゆる暴力をもちいないという表現手段のちがいを別とすれば、日本のテロリストよりも、実質的には徹底してはげしかったともいえる。

あの不逞、無頼、懶惰、不道徳のかぎりを主張したかに見える辻潤が、真面目くさってこんな意味のことをかいている。

「私はかなりエゴイストであるが、人間や世の中のことを考えない人間ではない。……私は友達や同胞の不幸を冀《ねが》う人間ではない。……健康で、御相互に仲よく暮らすことが出来自分の好きな仕事にいそしむことが出来ればそれ以外にあまり問題はない。唯それが如何に出来がたいかと云う事実が存在しているばかりだ。」（『虚無思想研究』一九二五年七月）

これらの言葉は、うっかりするとニヒリストらしくない言葉と見えるが、この発言から還元される辻のニヒルの原質は、現在の国家体制にたいする否定でのみあって、人間のまことの幸福を白眼視したりするものではまったくないのである。むしろ辻こそ、人間の幸福というものが、どこに、いかに、あるべきかを根かぎり思考し追っかけたのではなかったか、とさえ思われる。

「各人が各自の人生の中に生きている、そして各自は他人の色眼鏡の反映に相互に影響され合う。時代によって色眼鏡の全体の色彩がちがってくる、色の配合と混合とは絶えず移り変っている。」(『ですぺら』)

これもまた彼の人間不信の表明に他ならないが、「各人が各自の人生に生きて、他人と時代との色のつかない眼鏡で見る」ことをねがい、それが可能なときはじめて人は各自の幸福をさぐることができる、という彼の幸福論の基礎がここに置かれている。ぜいたくも成功も出世も、それは各人各様だ、幸福そのものも一色ではない。そしてお前のもおれの幸福も量的なちがいはないだろう。これが辻のいわんとするところらしい。その日の糧を欠くとしても、世間に出てつまらなく働いて多少の銭を得るよりも、好きな本でも読む方が幸福ではないか。それは辻がえらんで実践した彼の生き方であった。「わが人生の為」の価値観が世間の常識や日本国民の多数とうらはらだったというただそれだけのことである。それくらいのことがわからぬ人間ばかりの集合が日本人民衆だなどとは誰にもいえることではない。わが辻潤のニヒルをもってしてもそこまでの軽蔑は容易なことではあるまいが、しかし、辻のごとくに日本人の誰が、気に入らぬ世間様と対立して、互いに軽蔑し軽蔑されたか。働いて生きる能力の喪失者であるかのようにさえ軽んじられながら、彼はなお妥協の膝を屈しなかった唯一者だったのである。社会生活における協力の一切を欠如したかのごとくにも不羈に生死できたのは、彼に膝を屈せしめるほどの人生的意義の存在が、この国家体制内において彼に納得されなかったからである。

彼の死が悲惨な餓死であったとしても、その悲惨は彼の主観的幸福への追求精神を越えることができなかったのだ。おそらく自分の意志を思想にしたがえ、自分の生死をその意志のごとくに操作した、その点では達人的であったかとさえ想像されるのだ。達人的などという表現をまったく私は好まないが、戦後に輩出している辻潤の追慕者、鑽仰者、の誰一人も辻の思想の健康さに思い至る者がないかのようにさえ見える。それは辻が貪欲な幸福の追求者であったことに正しく気づいた言説が私の耳にまで届かないところからの独断であるが、ニヒリスト辻の否定は、安楽や幸福や飽食等々の現実的美生活ではない。彼にとっての美、しあわせ、快楽の観念が、われらの国の民衆と、さらにいうまでもなく支配階級と、相容れなかったというだけのことである。辻は孤独のなかでしばしば反問したことであろう。「オレよりもオメエが幸福であるのか。」オメエとは、あらゆる知人、未知の同胞、あるいは全世界の、あるいは歴史に消えた過去の人類の一人びとりであったかもしれない。

辻潤が否定し拒否したのは、いまにつづくわが日本の明治百年の政治機構であり、その担い手、支配者、それを支える民衆、かかる機構を覆さんとするあたらしい権力運動。つまり彼の幸福観に、とって代わるべき何一つさえがなかったということではないか。

私は、ふとした筆の走りのままにニヒリスト辻潤を幸福の追求者としていまここで力説している。そんなバカなことがあるか、あいつは手前勝手で呑み助で自堕落で意気地なしで！　罵倒の言葉は万もあろう。しかし辻が巨大な、そして慎重な幸福の追跡者であったことを否定することは、言葉のかぎりを用いてもそれは証拠立てられない。彼は自分の人生論を他に押しつけなかった。「各自が自分の好きな人生観を持つことが出来るというよりも、持たざるを得なくなる」ことが彼の主張し願望するところであった。

「惚れた女が出来たらその女と結婚しなければならないと考えるのも一ッの人生観なら、心中しなければ気がすまないというのも一ッの人生観なのだ。

女は家畜の一種で男の奴隷さね、――などと呑み込んだような顔をした男もあれば、僕のように女に惚れると、その女がどんなおたふくでも天女の再来のように見えて、その前に拝跪《はいき》しないと三度の飯を四度食べなくてはならないと思い込むような人間もいるのだ。」

（同前「きゃぷりす・ぷらんたん」）

彼がいってるのは惚れたはれたの論議ではない。ニヒリズムでもない。至極あたりまえすぎることなのだ。「たった一人の人間がたった一人の人間さえほんとうに理解することはむずかしい」と新居格がいったあのことなのだ。人間を愛する者ならば、これくらいのことは誰にだってわかっていること、ただ世間をはばかる心弱い者や「人間が人間を理解出来ない」「女に惚れるとその前に拝跪する」というような言葉を、公表することのできなかった、いわゆる常識に支配されて世のなかにちぢこまって生きてきた者の口からは、並たいていのことでいいだせないというだけのことである。

こうしてみるとニヒリストとして辻がいっていることはいったい何であったのか。人世、幸福、平和、安穏、そんな長閑なものを否定してなどいない。それらのものを人間社会のなかで人間から壟断《ろうだん》しているものそれへの否定的な発言をくりかえしているだけということとなる。それとはすなわち支配者、権力者であり、それに従う者どもである。その者らに言葉のかぎりをつくしてそのくだらなさ、鼻もちならなさを、啓発せんとした数々の言葉が辻潤の幾冊かの著作なのである。世間的におだやかに生き、おだやかに死するためには、辻のかかる否定的な宣言は彼自身のためにもならぬということを承知の上で、つまりこの社会の隅々のひんまげられた常識と習慣に向けて、「そいつはてめエらの為にならねエど」とふれまわる彼は警世家でもあったのだ。彼は自分を民衆の指導者などとはすこしも思っては居らぬ。民衆のなかの目立たぬ一民衆であることが彼の願いであった。私たちが幼時から訓練されて人となってきた、この自分の常識が、現代の仕組に適合するように一切合切できあがっていることを誰も自分では判断できにくい。辻のその点での目ざめが、彼に反世俗の警世家たる風貌を与えている。だから彼の幸福論（彼はいわゆる幸福論として説いたのではないが）はつぎのように表現されている。

「『酔生夢死』という言葉がある。僕はこの言葉が大好きである。願わくば刻々念々を酔生夢死の境地をもって終始したい。……夢死が出来れば、死の恐怖に襲われる憂いもあるまい。……日常生活そのもの、つまり働くことに酔えないまでも、せめて異性になり、酒になり、なんになり、夢中に酔払うことになったら、さぞや幸福なことであろう。僕の周囲には社会運動に酔払っている元気のいい人達がたくさんいる。たとえ必要に迫られて『止むに止まれない』心持からでも、そういう運動に酔うことの出来る人は羨望に値すると思う。……

酔生夢死はしばしば軽侮の意をもって僕のようなヤクザ者の形容詞に用いられてきた。『国に奉仕し』『社会に貢献し』『人類の愛に目ざめ』『意義ある生活を送り』（等）──というような言葉の正反対が、どうやら『酔生夢死』にあたるらしい。」（『浮浪漫語』）

彼の幸福論が世の常の幸福論とちっとも変わらぬ点は、自分自身の安心立命を願っていることである。にもかかわらずまったくちがっている点は、その安心立命が現在の社会に順応した生活様式のなかでは得られないとそう考えているところである。

「おまえさん方の思うような幸福はどこにもありはしないよ」と彼はいっているのだ。そのため彼には、一切の世間的向上への努力を捨てた役立たずの思想家、というレッテルがはられた。こうして成立したのがニヒリスト「辻潤氏」である。

「……生れてくると、いつの間にか前から連続している世の中の色々な種々相や約束を押し付けられて、否でも応でもそのなかで生きることを余儀なくせしめられる。自分の意志や判断が、ハッキリ付かない中にいつの間にか、他人の意志を意志として、他人の生活を生活するようにさせられてしまっている。そして、親達は『誰のお蔭で大きくなったのだと思う』といって、恩をきせ、国家はさも、国家のお蔭でお前を教育してやった、知識を授けてやったというような顔をして恩にきせる」というような彼の言葉は、明快卒直で誰にもわかりやすいのだが、ただ支配体制側にとって都合のよくはない発言だったということである。これくらいの反対をいったからといってニヒリズムだのニヒリストだのというにはあたらぬかもしれないが、辻はこの主張を、生活の心情としていだいて離さなかった。世間に順応するということがなかった。そのことが彼を特異の存在たらしめ、彼のいだいていた「幸福に生きたい」というナイーブな思いはほとんど理解されずに終わったようである。言葉をかえれば彼の願いはあまりにあたりまえのことでありすぎたために、そしてそれが卒直に表現されたために、奇矯の感をすらあたえたのである。

ニヒルとテロル、辻潤のようにではなく、もっと別な形で、きわめて直截に自分の思いを行為によって知らしめようとした人びとのなかに、自分自身のすべてを賭けた者たちがいる。すなわちテロリストである。

テロリストたる条件としての最大のものははげしい自己主張のなかに自己を否定することのできる者たることである。ニヒリストでないテロリストはそのゆえに似而非なる者である。大正のテロリストとして知られる古田大次郎は、企図のすべてが失敗して捕えられた獄中である日こんなふうにかいている。

「自分が死んで終っても矢張り今日のように太陽が美しく輝き、空は青く澄んで、心ない自然の景色は存在しているのかと思うと、僕はさびしいようでもあり、不思議でもある。

巷の雑踏を見ても自然の景を見たのと同様な感じがする。」

このくらいしずかに、この自然のなかで、自然の存在推移とかかわりなく自分だけがやがて死ぬんだと思うことのできる心、それが私に不思議な感動を与える。かの、ヤルゲイ大公暗殺の決行者にえらばれたときカリャーエフがかいた手紙の「……ぼくはまさに解放されたのです。雪と氷から、そして冷い沈鬱と屈辱から、さらに未だ実現されぬものへの憂愁《トスカ》と、実現されているものゆえの悲しみから解放されたのです。きょう、ぼくには静かに輝く空と、僅かな暖と、飢えた魂のためのせめてもの気ままな喜びだけで十分です。そしてぼくは、どういうわけか心たのしく、あてもなく、足どりも軽く街々を歩きまわり、太陽を、人々を眺め、ぼくがこうも容易に、不安に満ちた冬の印象から確かな春の予感へと移っていることに、自分自身驚いています」（サヴィンコフ『テロリスト群像』一九六七年）という感想とのあまりな共通性に、おどろくのである。前者は失敗してとらわれた後、後者は暗殺に成功する以前のことではあるが、すでに自分が見、触れている自然が、やがて人間である自分が消失してもそこにあるだろうという感じ方、それはわが生命をすでに無限のものとは見ない、そのことによって特殊に繊細な感覚を伴なった、そして極度にニヒルな心情であるかに思われる。私が感動を覚えるのは、静寂に語られてはいるが、このとき二人のテロリストは、かつてなかったほど自分が生きていることを痛く実感していると思われることである。

ともに支配権力とのたたかいとして企てられたテロルであるが、このとき彼らはまず自己を、自己の生きながらえれば無限ともいうべき生命を否定している。自己の消失を確認するためには自己とともに存在する自己以外のものと自己との確然とした区別を認識し、自然が、社会が、民衆が亡ぶのではなく、わが当面の敵と自己のみが掻き消えるのであることの確認を自分に強いねばならぬ。これはニヒルの極致であろうと思う。

彼らは、あるいは民衆、あるいは社会、のためにという現実的な目的のために、自己の未来をまで放棄して、ニヒリストとなることによってテロリストの資格者となりうる。事の筋みちは「アイツをやっつけろ」的単純卒直さで乗り出したとしても、自分の死が賭けられたとき、暗殺者自身にとってその哲学的意味は巨大に変質する。いわば価値と意義の認識において無の観念と一つになる。ニヒリズムはこのときテロリズムによって超えられねばならない。

東洋的ニヒルの思想がテロルに発しないことによって深遠宏大なものであるかのような捉え方を私はこの本の各所で否定してきた。ニヒルあるいはそれを主張するニヒリズムはもっと生活的なものであり、現実的なものでなければならない。それが書斎の抽象論議となったとき、有閑民族の観念の戯謡以上のものではなくなる。生活の現実があるがゆえにそれを否定し、さらにそれを拡大することでニヒルは一個の思想となりうるのである。ニヒリズムの母体は現実であり、生活であるのではないかとの私の思考はそこから発する。ニヒリズムが権力者の抹殺に向かうという当然の発展も、生活に発した思想であるがゆえに正統さを主張しうるのである。

辻潤のごときインテリ無為の徒の存在が、現代のような錯雑たる時期に回想されるのは、体制的生活の在り方にたいするアンチテーゼとしての必然性による。

幾度もいったように、ニヒルで個的な生き方は敗北的生涯をもって体制的主張の批判に徹することができる。同時に自己の滅亡の方向以外ありえない。テロリズムは否定を行為によって現実に見せることであり、ニヒリストが生涯をかけるように彼らは生命をかける。それに失敗したとき、あるいはそのテロルのための緊迫から解放された後は、だから彼らは再びテロリストではありえない。

獄中の古田大次郎が吐露したような到達した心境は、死に隣しない人びとには距離もあっただろう。一たび刑をまぬかれた者が、かつての緊張とはすでに遠い心境でしか生きられなかったことを私は当然のことと理解する。ニヒルを心の問題、生活の日常の問題とすることは自己一人の内部において保守することもできるが、テロルの決心の苦しさはその発現のときまでにしか持続は不可能なことである。思想としてのニヒルが行動としてのテロルに発現するとき、テロルはニヒルを超えているが、その瀬をすぎるとニヒルはその個々の内部から霧散するものだろうことを私は公約数的に想像する。その意味で、日本のテロリストといえども短時間辻潤らのニヒリズムを超え、それから後に多くの人びとは辻潤のニヒリズムよりも後退した。

現実を変革されなかった元のままの社会のなかに戻ってきて、世俗の安穏に自分らの生活を適合させたからである。テロリストとして捕えられたときにではなく、出獄してから以後その人びとが還ることのできない敗北者となった事実はいかんともしがたい。テロリストが死ぬことによってしか生きられないことは、このように明らかである。

（一九六八年）

ニヒリズムそしてテロリズム

『歴史と人物』（一九七四年五月号）の「雑談・歴史と人物——大正時代の青春——金子光晴・丸谷才一・山崎正和」をよんでみた。どうせ責任のない雑談だと思って読んだけれど、印刷されてひろく世間に読まれると思うと、少しばかり気がかりなところもあった。といって世の中に向かって、もともと大した問題を提出しているのでもないが、その話のなかに「アナキストたち」という部分があって、そこに金子が大杉栄と弓をひいたという話と、辻潤のことが一頁余もやりとりされている。その話の中味はまァどうでもいいことだが、私が小首をかしげたのは、「アナキスト・辻潤」という表現についてである。金子光晴という老詩人と昭和生まれの才人たちの談話の中で、少々でたらめな言葉づかい、いい加減な物言いがあったところで、といってしまう前に、私は近ごろあちらこちらで使われている、アナキスト・辻潤、といったような物のいい方に、やはり一寸足をとめさせられた、というだけのことである。

私は辻潤を好きでもきらいでもなく（いや好きでもきらいでもある）、いま彼の生き方をどう評価するという思いもなかったのであるが、しかしこの際、考えてみた方がいいんじゃないか、ということもまた私の中に生まれた、ふとした思いだった。この知名人たちの談話で、辻潤をアナキストにしてしまっては（これは多分、雑誌編集者の責任かもしれないとも思うけれど）、ということになるのである。

辻潤がアナキストであろうわけがない、と私は簡単にいってのける。では何だ？　という反問があれば、ニヒリストとか、ダダイストとかいうものだろうと私は気軽にこたえるだろう。そして話はこれでおしまい。『歴史と人物』の雑談について私がいいたかったこともこれで終りである。辻潤はニヒリストである。でしかない。それでいいのだ。だが、その雑談にもうちょっと深入りしてみよう。辻潤についてこんなやりとりがそこにはある。

金子　……大変なやつのようにみえるけれど、僕ら大正時代を生きてると、あんまりそういうことは不思議に感じないんですね。いくらもそんなのがいたから。

山崎　それは意識的な反俗なんでしょうか、それとも生れつきの生活無能者なのでしょうか。

金子　まだね、そういうことが問題にならなかった時代ですよ。意識というようなことはね。そして反俗というのは戦後じゃないですか。そのころは、困ったやつだ、とかへんな

やつとかですんでいた。(笑)

山崎　なるほどね。しかし今も今なりに困ったやつというのは、たくさんいますね。ただ、それがあとで評価すると、別のことになりますからね。大正時代にはそういう人たちがたくさん出たのでしょう。日本社会にも少し余裕が出来て、パトロンになる人が出たから生きられたのだと思いますけれども……。

と、いったことが「アナキストたち」という小見出しの下で取り交わされている。山崎のいったような情況もあっただろう。だがパトロンに生かして貰ってるような生き方がアナキズム—アナキストとどうかかわるか。辻潤をアナキストとする思考もひっくるめて、どこかにかさなりの部分を持ちながら、異質のこの上ないものともいわばいうべきニヒリズムとアナキズムについて、ほんのすこしばかり辻潤にまつわって私の思いを述べてみたい。

辻潤とは何をした人間か。何もしようとはしなかった人間である。現実社会での価値観念を否定してしまったところに、ようやく生きた珍しい人物であった。だから彼をニヒリストということに私は賛成するが、そこに一つの条件をつけたい。十九世紀にロシアに起こった、いわゆる虚無党のテロルもまたニヒリストの行為だとされている。辻潤のニヒリズムはまったくそれとは異質であった。辻が生きることに(死ぬことにもまた)まったく積極的でなかったという事実によって私はそう判断する(辻は現社会のアンチ・テーゼとして生きた、これこそもっとも積極的に生きたのだ、という言い方は在る。だが彼自身そうした積極性によって自己を考えようとする意志がなかった)。いいかえると辻は社会のあらゆる現実的営みに価値を認めなかった。だが、それに反対して生きる、たたかう、破壊しようとする、という意志を現実化する気もなかった。いいかえると反対だから逃避するということ以外に彼は何ものをも持たなかった。ニヒルの深さにおいては徹底していたといえるかもしれない。自己否定を辞さなかったとまでその生き方はわれわれに、思わせるほどのものだった。

この辻潤のニヒリズムと対比して考えられるのは、大正末期のアナキズム系のテロリスト集団といわれたギロチン社の存在である。彼らをもまた私はニヒリストといわざるを得ない。しかもその辻潤のニヒリズムとの距離は無限ともいいたいほどの隔たりを感じさせる。そのところに私の関心はとつおいつ逡巡するのである。世間では辻をニヒルとかダダとかいい、中浜哲、古田大次郎その他ギロチン社をテロリストという。そうなるとこの二つのものは、ニヒリズムの上にありながらほとんど異質である。たしかにその現われ方においてはそういうしかない、大きなちがいの中に立っている。だがテロリストの出現する状況というものに思いを馳せるとき、この二つのものが意外に近くて、ひとしく社会的現実から生まれ出たものであることに思いいたるのである。そこでまず私の勝手な解釈で辻潤とそのニヒリズムを考えてみよう。

辻潤がどういう生活と教養に立って彼のニヒリズムを得たかを探るのではなく、私の関心は、彼が如何に生きたか（死んだか）にあつまる。若い日の辻が明治の社会主義に注目したこと、それに近寄ったことは、彼が自由を欲するところから「日本」の国家と社会に不同調を示したはじめである。しかも彼は細腕に養うべき家族たちを抱えていた。つまり生活の苦労の中で自由を欲したということのようである。だが辻は、そのような出発から、多くの人々が反抗的で活動的な社会主義運動に加わったようには、自分を取り扱わなかった。社会主義にも何時の頃からか失望していた。主義者どもがワイワイ騒いでも容易にその欲する社会が出現するものではないということの方を重んじたらしく私には見える。これは「覚めた人間」にあり勝ちな一つの型でもある。当時の青年たち、たとえば荒畑寒村や大杉栄などは、現実における不安と不満からまずキリスト教に近づき、転じて平民社の社会主義に近づいたが、この動向には理想の実現への不信感ということはあまり見られない。何とかなる、いや何とかする、何とかできる、何とかしなければならない、という楽天性と積極性がどこかに潜んでいるかに見える。辻潤にはそのような青年らしい客気が、彼の若い時から異常なくらい少なかった。命がけで運動しても成功はおぼつかない、先ず駄目だろう、という先の見えた判断が彼を多血な社会主義運動に走らせなかった。辻がニヒリストといわれるにいたったのはそういう所からであろう。しかし彼に夢はなかったのであろうか。社会革命というもっとも壮大な夢を持たなかった人間だからといって、夢がないとはいえない。ずっと晩年になってからのことだが、自分は年をとって体力が衰え、顔もしわくちゃの老年になっても、なお女を追い求める、好きな女を追いかける、それが生きてる者の唯一つの願いだ、といった風のことを臆面もなく書き立てていたのを記憶している。そこには反語的意味もあったであろうが、多分その中には本音もあったのだと私は見る。社会のため、民衆のためという理想主義よりも、人間一人の命の時間に可能な快楽を求めるのだ、ということのようである。辻潤についても山崎正和が「意識的な反俗か、生れつきの生活無能者か」といったことはここにかかわると思う。「大変なやつのように見えるけれど――大正にはいくらもそんなのがいた」と金子光晴が語っていることに私が、ちょっとマッタをかけたくなるのも、そこのところである。現実的には辻は生活無能者だったかもしれないが、無能力とはいえない。少なくとも彼の「無能」にはある哲学があった。あるいは狡《ずる》く自分で哲学づけたのかもしれないが、ともかく彼らしい論理があった。それを私の言葉でいえば、酔生夢死こそわが法悦、ということになる。すでに争って、戦って、血を流しての革命運動によって人間の生活が解放されることを夢み得なかった人として、辻は辻なりにたしかに覚めていた。社会とか民衆とかに夢を懸け得なかったという覚め方は、そういう者の行くところは個人、自分ひとりの解放、でなければ絶望とニヒリズムしかない。社会を改める、人間を解放する、という方向の上に信頼を失ったとき、正しくは人間の心の行くところは生きることの否定のみ、と私は考えるのだが、辻潤があるいは、自分から進んで死ぬという努力をも否定したのであったとすれば、この自我の内部へのニヒリズムは言葉を絶するほど凄烈である。辻潤には、そのような孤独に耐えたのであったのかもしれない、という想像をわれわれに強い得るものがある。否定の方向において、生きながら行くところまで行ったのであったかもしれない。だとすればその場合、実生活にあえぐ民衆は彼を完全に見捨てるであろう。そんな人間に、たのしみと喜びを求めて苦しみのみを与えられて生きる民衆は、まったく用事がないからである。辻潤自身も、自分を無用の人と自覚したらしいが、世間が民衆が彼をまったくの役立たずと見てもそれはまたすこぶるあたりまえのことであった。彼の生活無能力は、相互関係において断絶と孤独の道を歩むというところに生じた結論でもあった。人のため、世のためにという考え方を自分の生きる方向から捨象しようとした時、青年の日に明治の社会主義に近づいて以来の、世の中にたいする不同調精神は、ある結論に到達したかの如くである。それをしも世間ではニヒリズムという言葉で形容したのであるが、いいかえると自己主義を向こうに、さらに向こうに、まで貫いた果てに行きついた、現実的な一精神の到達でもあったのではないか。自己を何もののためにも犠牲としないことにおいて、徹底していたといい得るようである。これをもう一ついいかえれば、社会主義、人道主義における犠牲的な行動にも身をまかせないということである。他に犠牲を強いることなく、自分もまた他人のための犠牲となることのない社会、がもしあるとするならば、それはまた一個の理想郷でなければならない。「ニヒリズム」にはそういった境地に至るべき観念につながるものがあるのではないか、とひそかに私は考える。このニヒルは悲壮ではなく、楽天的にさえ見えるかもしれないが、そこまで思考が到達することは、それはまた容易なことではあるまい。もっぱら自己における観念に自分を投入してしまうという強烈な自己支配が必要だからである。辻潤のニヒリズムにはそのような方向を暗示するものがあったのではないか。

中浜哲や古田大次郎らのギロチン社は、テロルを目的とした集団であったといわれているが、そこにいたる道もまた、いわゆるニヒルの一線上に敷かれたものである。こういったやや独善的な断定を下すためには次のような思考をくぐらねばならぬ。

ヒューマニズム→ソオシャリズム→テロリズム。ヒューマニズムが他者のために自己を以って尽す思想であるとすれば、当然そのことの中に自己を生きる、という理解も含まれている。社会主義は自他の救済ということであらねばならぬ。そしてテロリズムは社会変革の目的を潜めた行動として、自己犠牲を予約する。社会主義的変革の要求に自己救済が含まれていることは当然だが、その高まりの過程で自己犠牲を要求され、そしてそれが当り前となるのであるが、ここに生ずる矛盾を乗りこえるために必要となるものは、ニヒリズムである。

民衆として自分が生きるための社会活動、そのための自己犠牲の強烈な現われとしてしばしばテロリズムが発生した。

そこにいたる過程に発生する自己犠牲とニヒリズム、ニヒリズムの発生によって可能となるテロリズムと、辻潤の如く自己犠牲を肯んじないニヒリズム、その相違とかさなりあい、この異和と同調について私らはほとんどまだ確たる見解を定めてはいないかのようであるが、私が辻潤アナキスト説を廃するという明確な主張を持つのであれば、大正期における辻潤の自我的なニヒリズムとギロチン社のテロルに至るニヒリズムとの絶対的な相違についても、解剖するのでなければならず、私の些少な考察は、それを目がけるのでなければならぬ。

極めて大づかみな断定ながら、社会変革運動の中に発生するテロリズムとは「志士仁人は身を殺して仁をなす」というものではないか。まずここから考察をひろげてみたい。

テロリズムとニヒリズム、一対のように誰もが口にし易いこの言葉には、それだけの理由が、この二つの語意に底流している。路上で愚連隊どもが、行き当たりばったりに小徒党をもって市民を殴打したというようなことはテロルなどといえたものではない。外国語のテロリズムが日本に来てその位置を占めるには、それだけの語の特殊な意味を定着する歴史があった。テロリズムは目的を持った行為でなければならないのである。テロルはテロリズムとなり、民衆の意志が発して権力者と対立してこれを殪《たお》す、ことを指した言葉である。その時テロルに挺身する者は、民衆の意志を自ら体して赴くのであるという強烈な自覚があるのでなければならない。目的は必然に正しく、自己はその行為に悔なく従事するのでなければならないのである。身をころして仁をなす、というそのところである。そのテロリストを志士仁人と私がするのは、一死をもって民衆の意志を代行せんとする時、その人はすでに自己の生命と将来とのすべてをそこに懸けているからである。そしてこの自己否定はニヒリズムの一方の極ではないかと考えるのである。自己のすべてを何人のためにも犠牲にしないという方向での、世間や道徳や習慣、権力や法律や秩序や身分や、在り来たりの社会との対立を辞せざる生き方は、栄達とか安楽とかいった世間的なしあわせの外に自己を放置することにおいて、これはニヒリズムというべきこと、辻潤の生涯のごときがそれをよく語っている。彼の自由な生涯は、並の人には出来ない生き方であっただけ、組織されて民衆が身うごきも出来ないような社会構造の中に受け入れられようもないものであった。彼の自由は社会から殆ど見捨てられることによって保たれるものであった。

食えない自由、働かない自由、従わざる自由、それが彼の生き方の自由であった。それをニヒリズムというのは、否定することによって社会生活からはみ出し、逆に社会の常識から否定された者の自由であったからである。いいかえれば、かかわることのない自由であった。辻潤が否定したものは世間と社会の構造そのものであったがこれはいうなればなかなかに犬儒的であった。志士仁人の道とはまったく相反するものであった。

アナキズム系の大正のテロリスト集団ギロチン社のメンバーは二人の死刑、三人の終身刑、その他十二年懲役以下の多くの刑期を判決されて終わった。所期の目的に手もとどかず、いくらかの恐怖を時の権力者たちに与えたかもしれないが、彼等それぞれの損得を比較すれば、まるで問題にならないというべき結末であった。目前の影響力をいえばそういうことになるのであろうが、彼らの存在とその行為、あるいはその彼らの未発の行為は、社会に、民衆に、権力者階級に何も与えなかったであろうか。裁判のなりゆきと、その新聞記事による社会的影響として、与え得たものは些々たることかもしれないが、しかし辻潤のニヒルは、彼の行動や生き方を知る極めて僅かばかりの後続の青年たちの話題となること以外に、どんなものが後に残されたであろうか。辻はニヒリズムの創始者ではなく、その一行為者であったに過ぎない。生きて、背を向けて、黙って社会の隅っこで、ある日に死んだ、というにすぎないものである。千万人の民衆の死とどこにちがいがあるのであろうか。ニヒルという、人間の生の存在価値の否定の思想としての深さは無気味なほどであったとしても、毎日をより楽しく、より明るく生きたいという欲望を民衆と共有する筈でありながら、ひとりその外側にはみ出して死んだこと、じつははみ出したことに彼のニヒリズムが生きたのであったが、このひとりの思想者のきびしい生死は、テロリスト集団の気ままで自堕落な日頃の生き方と、その終末に、はるかに及ばぬものではなかっただろうか。

私は内にかえりみて、辻潤こそ大正のテロリスト達よりもずっと達観した思想実践者ではないかと思いつづけてきたが、とつぜんのように、一九七四年の早春の一日、その比較に逆転するもののあることを自覚してしまった。私の中で、ひそかに思想者よりも行為者、という価値転換的疑惑が生き返ったのである。むろん太平洋戦争の末期、食なく飢えて死んだと伝えられる辻潤に、ある凄烈な感動を覚えたことを、まちがいだなどと考えるのではすこしもなく、そのような死にざまに至ることと、身をなげうって成否をかけるべく周到な用意に身命をすりへらすテロリストの終末と、どちらがより自己を生きたことになるのか、とまったく子供っぽい、誰もがもう通り越したような問題に、もう一度私は問詰められているのである。

自己否定ということによって判断するとすれば、そのニヒルの度合いは辻潤的なものよりもテロリストの方がずっと強烈である。それだけにヒューマニズム的な性格は、強烈な自己否定に生きようとする者の方が、これもまた上であるといわねばならぬ。食うに困る境涯に自己を追い込んでたじろがなかったということは、辻における生の否定であろうか、肯定であろうか。自己に執することの強さとは生の肯定者のみに言えることである。ニヒリスト辻潤が、生の肯定者と見えることも已むを得ないのだ。それに比べると、大正のテロリストたちとは、もう一つ別の意味でこれもまた生の肯定者であった。彼らがやや危険な強請によって会社やデパートから得た金銭を、遊蕩に使ってしまっていたといわれることは、惜しみて余りあるわが生と死を、かくして慰め慈しんだのであろうが、とすれば彼らは、目的のために捧げると定めた生を、直接的に自前にいつくしんだのだ、ということとなる。私はここにいたって甚だ不安な思いにとらえられる。というのは、このとき彼らをテロルに駆り立てようとする情熱のそれが、否定のものか、肯定のものか、楯の両面だ、と見るような、そのような結論が、心許なく見えて来てそこから歎声が洩れて来ようとするのである。テロリストが自己の生命を懸け得るのは、わが行為の、意義を信じ得るからに他なるまい。そのことを疑うものはテロリストたり得ないのである。テロルの結社からの脱落者とは、行為の脱落であるよりも、使命観からの脱落であろう。つまりテロリズムとは何か、テロルの目的は何か、ということの問題である。

十九世紀のロシアの虚無党その他、ヨーロッパの暗殺の流行は、そこに一個の革命の手段を見たからである。革命のため、民衆解放のため、のテロリズムであった。とすればそれは単純な志向であり、たしかにその実行はある程度の実績を残したかもしれぬが、直接にテロが革命を現出したということは今にいたるまでない。それにはいろいろの、理由があるであろう。だがその中の一番大きな当然の理由は、人命を断つ、ということの非人間性をテロリスト自身といえども完全に許し難いということではあるまいか。革命のための行為の否定と肯定、この後者の不足と不安、テロルの拡大から革命へ、というプログラムはそれ故に許されないということではあるまいか。またそこには「革命と権力」という現実の問題も横たわっているのではあるまいか。

革命の理想的な形とはどんなものであろうか。一夜明けて見たら、街の風景は昨日にかわらず、しずかに交通機関その他の公共性ある仕事はつづけられ、商店もひらかれ、コーヒーも飲め、パンも食える、人々も何の危険を思うことなく出かけられる、つまり昨日のままの社会が少しの不安も民衆に与えずにそこにある、革命がそういうものであれば、理想的だ。革命だから遠距離の汽車は動かぬとか、高層ビルのエレベーターは動かないとか、そんなことではまことに不完全な革命であるだろう。では革命とは何が起こったことか。世の中の生活的運営は変わらず昨日のようにスムースに民衆が生活し働けること、そしてその変わらぬ中で為政者、政府、警察等の、それらのものが民衆のための機関となること、支配権力がなくなる、弱まるということ、これが革命というものだ、といつかきいたことがある。いや私がそう自身にいいきかせたのであったかもしれない。風景も吹く風のにおいも働く女の子たちの足どりも、子どもの通う保育園や幼稚園も昨日のままであってこそ、革命には意味がある。佐藤内閣が田中内閣に代わってどんどん物価が上昇するというのは、変革ではなく連続悪化でのみある。警察や軍隊の力を従えて、強大に現在の日本社会を支配して民衆の生活は日毎に苦しくなり、階級的貧富の差が開くといった現実に、平和な手段では支配権力を動揺させられぬとなったとき、強固な権力にたいして、テロリズムは発生する。権力を代表する者に、わが生命をかけて彼らの肉体的生命と政治的生命とを併せて奪わんとする。テロリズムはそれが失敗しても民衆の意志が表現されることに意義があることはたしかである。だがそういう目的であれば、平和のための焼身自殺もアッピールは強度ではないだろうか。当面の敵の一人を殪したとしても、権力存在の機構にはまず変更と動揺がない、となれば、テロリスト自身が生命をなげうった悲壮とその与える精神的アッピールの他に、テロリズムにどのような価値と意義があるのであろうか。それでは主観的にすぎ、客観性を欠く、という批評の言葉があり、そう軽々しくこの批判を退け難い。ともすれば「命を的にした」そのことが、そのこと故に、失敗が評価されるというもう一つのニヒリズムの意味も見のがしてはならないのである。ニヒリストが、われを否定することと併せて敵の存在を否定する行為は、しばしば起こり、歴史を通じてその行為は人々を刺戟し、かつ肯定されつづけている。辻潤的ニヒルよりも、テロリストの自己否定に立つ自己肯定の行為を、高く考えたいとする意識は、結果論的価値観にかかわらず、ニヒルの行為そのものの肯定に立つ感想のようである。

辻潤的生き方に比べて、社会に生きて社会の変革を望むというのであれば、ニヒリズムを自己否定に直結してテロルに表現するということこそ、最高の行為ではないか。この論理はもっとも強くして破り難いものだと私はたしかに思う。

しかし、ニヒルの思考のもう一つの極致は、無為にして化するということである。これにも疑いはさしはさめない。人間そのものが無常の生命にすぎないのであるから、右往左往せず、無為に生死することは天地自然の理に叶うものだという考えをきいた記憶もまた在る。とすれば、何の希望も認めず、より良く生きるという努力の一切を排して、やがて時間の推移とともに死に近づくことを当然として、その運命と成りゆきに順応することが出来るならば、これもまた人間を知った、無常の運命と対等に生きた、ということになるのではあるまいか。行動に発する時にもニヒリズムをスプリングボードとし、無為に生き（あるいは無為に死ぬ）るためにもニヒルの自覚に倚《よ》ることを得るとすれば、これら二様に対立するニヒリズム、こいつは一体何であろうか。ニヒルなどといって非現実な思考として取扱いながらどこまで、これに先導され得るものであろうか。この疑惑もまた、現在民衆が世界で生きることに苦しんでいる、苦しまねばならぬことの疑惑に、つながっているかのようである。

私たちはこの悪循環をどこかで断ち切らねばならないと思う。

ふと私は気がついた。辻潤の生涯を考えるときも、ギロチン社のテロリストたちを思い出すときも、そこにつづいて「死」という問題がいつもうろちょろと私の目の前にある。

死とは何か。

ギロチン社のテロルの狙いが天皇制国家の現実の元首に定められていたことはかくれもない。成功したとすればもっとはるかに多数の者たちがそこで生を死にかえたであろう。彼らは、ある限定的時間の内部でしかわが「生」を考えなかった、そのことにおいてニヒリストであった。ニヒリストであることによってテロリストとして生きようとしたのである。このときはるかに、社会変革に志を立てた時のヒューマニズムから距離遠く来てしまっていた。生と死とテロルだけしか彼らの目の前にはなかったのである。ヒューマニズムを喪失したとき、すべての活動はその手段そのものが目的化して、そこからある堕落がはじまる。

明治維新前後における武士どもの多くのテロルは、尊王とか攘夷とかいう最初の主張からしだいに離れて、殺すことのみが目標となった者もあったかの感がある。簡単に割切っていってはしまえないが、後になってみれば、武士道と藩との制約を脱しきれずに、幾多の殺傷沙汰は如何にも無駄であったかのようにわれわれの目に映じてくる。これはテロリズムそれ自体に内在する非人間性というものである。テロリストは自己を死に計算して出発する、そのことはヒューマニズムの埒内における、あるうつくしさを失っておらず、その限りにおいて人間的である。ニヒリズムがもっとも生々と躍動するのは、自己否定によって、ニヒルが外在化してテロルに発動するその瞬間であろう。まったくそこには卑小なエゴイズムがない。あるいはそれがもっともエゴイズムが人間的に発動する瞬間でもあるだろう。しばしば、社会変革を希望する若者たちは、その瞬間の、抑制のない自己解放の中に最高のヒューマニズムを見るかもしれない。ニヒリズムがもっとも生きた人間のものとなった姿である。そのとき、希望かテロリズムによって叶えられるかのような期待にふるえるが、その瞬間がすぎた時（現実のテロリズムは辛苦万端してなお容易に目的に届かず、ほとんど失敗の連続を常とする）あらゆる行動、あらゆる希望に、ついに期待するもののないことを自覚し、そこから社会生活を放棄してようやく辻潤が到達した、働かず、願わず、同調せず、といった不同調にして平静な生き方――世間的な失敗によって僅かにキャッチし得るような境地は、昨日のデモの弾圧に怒った若者のニヒルからテロルへの転回のように、即時的な結果論では届きがたいものである。これを持続性の問題としてもとらえることは出来ようが、深いニヒルの闇の見つめ方という方がより真当な理解であろう。私がこのずいひつ的論調によって考えてきたことはようやく結論に達しようとしている。それは以下のような「ニヒルとテロルの関係」ということである。

テロリストはわが生命と生涯とを敵へのただ一回の攻撃にかける。そこに如何なる大義名分があるにせよ、かかわり得るものは相互の死ということだけである。彼は理想社会の実現に近づくという夢にはほとんど完全に近づくことは出来ない。そのことにおいて彼のかかわり得るのは彼我の生命の抹殺というニヒリズムのみである。民衆の生活の安堵のために、ただ一つ、ニヒルにかけるということの非論理の中にわが生のすべてを投ずるということほど非人間なことがあるであろうか。しかも最短の道を歩くようにまっしぐらにそのことに全自己を懸けるのである。ニヒリズムとテロリズムが並べて論じられ語られることの必然は、そのためである。

ニヒリズムというものは自己抹殺の思想ではなく、自己保全の思想である。社会、政治、その他の価値を否定するそのことによって、人間の生命を最上のものとする思想であることを疑うものはないだろう。わが生きること、わが生きて在ることをわがものとしての生命、それをこの上なく大切にするためには、権威も権力も、宗教も道徳も政治も、民族も国家も、そのわが生命と比肩し得るものとは見ないのである。無為にして化すとは、何ごとをも働かず、何ものの世話も受けず、唯我独尊であるべきそれが人間の「個」でなければならぬという強烈な自我の主張である。他人のために働くから存在を認められ、親しまれるというような、相互関係などを問題にしない、自我の主観的な認識に立っている。テロリズムが、自己を放棄することによって漸く発し得るにすぎないものであるならば、それはニヒリズムより次元の低い認識に芽生えた粗暴な手段の一つにすぎない、ということになる。

願わくば、ニヒリズムの深さに劣らぬテロリズムの精神の存在を知りたいものである。そのとき死は生を超えるであろう。テロリストがわが死をかけるということが、ニヒリズムの彼方にまでつき抜けた生の思想であるにあらずんば、変革のためのテロリズムもまた人間のある感傷にすぎないであろう。

社会主義とその一連の解放思想に期待しなかった辻潤のニヒリズムを超えて、テロリズムが生誕したとき、われわれはそこに何かの期待をもち得るかもしれない。だがその日までは、私は一切のテロルに期待はしない。生きる思想の方が死ぬ思想よりも強者であることを、知りはじめてもいいだろうと思う。

（一九七四年五月）

ニヒリズムとアナキズム

1

ツルゲネフの有名な小説『父と子』から虚無党という言葉が生れたのだと、いつか何かで遠く読んだ記憶がある。だがその小説の主人公のバザロフは今日私が思う意味でのニヒリストではない。せいぜい神の否定者、あるいは当時の新しい唯物論者といった程度のものだったのである。

それが何故ニヒリストあるいは虚無党などと思われて、その新しい出現を宣伝されたのであろうか。バザロフは特別に破壊主義を唱えたのでもなかったが、今からは想像をこえるほどに強烈な印象をその時代に与えたようである。

虚無——ニヒル、とは社会的な存在価値すなわち権威を認めないこととかかわる。私たちは文学の上などでは気やすく権威のごときものを否定したり引下ろしたりしてはばからぬが、社会生活において「権威」を否定するということは、それほど安易なことではない。

ニヒルとかニヒリズムとかいう言葉をあまりしばしば、手軽く言う者を、私ははじめから信用できないのである。

わが国最初のアナキズムの書といわれる煙山専太郎の『近世無政府主義』（東京専門学校出版部、一九〇二年）のなかでは、バクーニンもクロポトキンも、彼らの思想は皆ニヒリズムとして紹介されている。アナキズムとニヒリズムとの理解の交錯は、このように古くからわが国にもあった。そして現在も、アナキズムをアナーキーなる思想として片づけようとする多くの社会主義者や政治学者やその他の知識人どもは、アナキズムとニヒリズムを、ある部分において同一視することによって破壊、混乱、無秩序を目的とする思想であるかのようにいいたがる。アナーキーという言葉をしばしば用いて、非人間的な状況を想像して悦に入っているのは彼らでしかない。彼らはニヒリズムについての理解をそれ以上正しく深めようなどとはしない。これ以上理解することをおそれ、避ける。

そこには「権威」ということについての巨大な理解の相違が、相違そのままにわれわれとの間に横たわっているのである。

ニヒリズムは、まず疑い、そして否定する。今日われわれの置かれている生活環境のすべては、最大の権威であり最強の権力たる「国家」によって支配しつくされている。いうところの民主主義も、自由も、道徳も、社会秩序も、あるいは美の観念すらも、国家権力の機構の埒外に在ることの自由を容易に許されてはいない。

国家という機構が、権力以外のものでないという現実は、まずわれわれが「国家」とは何であるかを考える能力を喪失して教育され、成長した事実を省みればよい。国家はあくまである時代に発生した社会の一機構であるにすぎないにもかかわらず、その形成の由来やそれが固定した過去の歴史については、ほとんど述べられず、学ばされず、それを疑うことすら忘れられてきている。かつてわが国では天皇は絶対不可侵、その造り給うた「国家」は思議することを許されざるものであった。終戦から二十数年の今日もなお、この国家の経済的繁栄が、そのまま日本人民衆の繁栄であるかのような錯覚に満ちわたっている。

日本の民衆は、自分たちが民衆にすぎないということすら、自覚していないのだ。かくては、毎日の生活と生活環境への順応、治安の維持（支配のための）のための道徳と法律、その法律をつくるための議会、議会のための選挙、われわれの坐臥、二十四時間、三百六十五日、この国家という権力機構の操作の外に出ることはできない。繁栄といわれている現在ほど民衆の精神生活が、わが精神環境の外側に吸収されて飢餓に瀕したことはなく、逆に国家権力がこれほど安定していることもない。国家が民衆のものであるなどと、ぬけぬけとしたいい方があり、しかもなお民衆がそれを疑惑することすらできない。

科学において、数学において、哲学において、それらのすべてにおいて、われわれはこの国の権力との太刀打ちはまったく不可能といわざるを得ない。そのとき、それと角逐し得るただ一つの方法は、ニヒリズムである。

大小の権威主義、平和主義、富国強兵主義、あるいは多数決選挙による民主的独裁主義を、全く認めることをしないからである。

いかなる権威、国家の権力をもってしても圧迫することのできないものがある。自己においては自己以上の権威を認めないことである。これをニヒリズムというとすれば、そのニヒリズムを、アナキズムは哲学的出発点とするものである。

2

第一回のこのシンポジウム「ニヒルとテロル」の報告のなかに、秋山の発言として「私はいままでアナキズムをいってきた。しかしもっとアナーキーにならなくてはいけないのではないか。……もっとアナーキーを大切に、と思うようになった」とあるのをとらえて、お前のこれまでの意見とはすこし違うのではないか、という質問を受けたので、それについて明らかにしつつ、考えてみたい。

いま私の内側にはその質問にたいして二つのことがある。一つは、従来アナキズムといえばヒューマニズムを基調として道徳的な要素の濃いアナキズムが考えられがちだったが、それを否定してしまうのではなく、そのようなアナキズムが現実にたたかう思想となるためには、もっとネガティブの強いものを身につけなければならないのではないかということ、二つには、そのことを「アナーキーになる、アナーキーを大切に」とやや舌っ足らずに私はいったのであったと思う。そしてバクーニンやクロポトキンを金科玉条としてしまっては、そこから前へ行かず衰退を萌《きざ》すものがあるかもしれない惧《おそ》れがある、私たちは先人の歩みの軌跡を学ばねばならないが、アナキストの思想には変革のためにはまだ不足するものがないとはいえず、開拓を必要とするところがある。アナーキーといわれるにふさわしい未分化の、未だ汚濁に沈んでしまわない反逆的精神とその発酵によって補わるべきものがあるであろうと私は期待する。この考えを一般論として受けとりかねるという意見があるならば、自我の問題としてでも、敢えて発言しておきたいのである。

では、アナーキーとは何か。私はそれについて、とらわれない、もっとはるかに世間しらずな、だから論理をつくさずとも「否定」としてつよく現われるもの、もっと気まま奔放に定まっているかに見えるもの、常識となっている事柄に疑惑と不信とをつきつける精神、といったような説明はできないものだろうか、と思う。私はある時期の自分自身をかえりみて、クロポトキン、バクーニンを読み、幸徳と大杉を知ってそれだけでアナキズムを信用したのか、といえばけっしてそうではなかった。まず自分のなかに何かがあった。それに彼らの主張や批評が快く触れた、というケースがあったのだ。「はじめに吾あり」なのであった。

　しかしこの「吾」を私はいつ認識したのであろうか。私はそれについて回想する。何かの現実、学校か、先生か、巡査か、家族か、それらに不満と不安を感じたことがその始まりだったようである。まだ小学校の二年生だったある日、毎日仲よく遊んでいた一人が泣きながら遠い対馬に養子にやられるのに遭遇したとき、大人たちに漠然たる不信を覚えた。大人たちは不親切でざんこくだと、私は怒りと不安のために夜半に目ざめたような記憶がある。そのときから自分の中の何かに心づいたようである。それがやがて私に色々の試みをさせた。神棚に煤ぼけている天照大神のお札《ふだ》を捨てたら、罰が当るといって祖父がうるさく戒める。祖母や叔父の命日には禁じられて魚がないので鰹節を削って食って叱られた。しかし不信の試みには罰は当らなかった。神も仏も大人たちもそら恐しくはないものらしい。このとき理《ことわり》を説いて聞かせてくれる人がいたら、もっとはっきりと否定の精神が育ったことであろう。

　日本の特殊性の教訓、優越と神聖の観念から完全に脱却することは、十九歳で関東大震災に遭遇し、大量の朝鮮人と社会主義者の虐殺を見るまでの時間と経験を必要とした。街の中で平然と人を殺す連中である。もう日本人というものを額面通り信用できなくなった。

その頃、私は自分が何をするために、何になるつもりでいるのか、希望というものの方向も実際もわからなかった。大杉栄のアナキズムも辻潤のニヒリズムも名目ぐらいしか知らなかった。震災とともに無政府状態という言葉がはやり、それが不安であった。私はアナキズムに近づきながら、「アナーキー」に不安と不信を感じていたようである。「アナキズム」はアナーキーそのものではない」という言葉はそのまま正しい。しかし支配者階級が「アナーキー」と発言するとき、われわれがアナキズム思想と考えるものも容赦なくその中に置かれている。共産党や社会党もアナキズムをアナーキーなる思想だといっている。然らば、その「アナーキー」をもう一度積極的に考察すべきではないか。

3

アナキズムとニヒリズムとを同一視しようとすることにはプラスとマイナスの意味がある。それをわれわれは積極的に理解したいのである。

ニヒリズムの〝否定する性格〟を、まるで箸にも棒にもかからぬ、怠惰で手前勝手な、まるきり社会性のない、彼らの考える非社会的な思想のように理解否曲解しようとするそのところに、逆に現在におけるニヒリズムの存在意義が証明されている。ニヒリズムの〝否定する性格〟を理解しない考え方は、現在の社会体制とそれを支える秩序——法律や規則、道徳や習慣、それらを肯定する立場によって築かれている。それらを、疑う余地のない、動かすべからざるもの、とする所に立っていて、その体制を否定しようとするものの一切を許そうとしないのである。

自分を含めて各個が社会の主であるその個人の存在のためのあらゆる集団、社会も国家もそのために組織された筈のものであることを知らず、国家や党がわれわれに(個人に)優先するものという錯覚にまったく気づかない者たちが、あるいはそういった自覚が民衆に行きわたることを恐れる権力者が、だからニヒルの思考を嫌悪するのである。これらの現実的な秩序意識のわれわれに与える不自由の因って来るところを自覚し、すすんで現実の社会体制を検討し得る者にとっては、これほど巨大な圧制と理不尽は、ないのである。

ニヒリズムといえば拒否と否定に終始するものと見なされている。そうとっても間違いではないだろう。日常生活に対するアマノジャク的な浅薄な反対の精神のごとくに軽んじられることすらある。しかしニヒルに徹することは、生活しているわれわれにとってそれは不可能に近い困難なものである。しかもニヒルがもし不完全であるとしても、ニヒルする態度をわれわれの思想生活の一つの支えとするのでなければ今日現在のわれわれは、民衆として自立し難い。否定する姿勢がわれわれを内から支えるという自律性がないかぎり、日常生活にまつわる政治の権力を批判することさえ容易ではない。わが生活の周辺の庶民的動向のままに動揺すること以外に、自己の場というものは有り得ないかのごとくである。

いわゆる経済的高度成長によってわれわれの国では、従順にはたらく者の生活は保証されているかのようであるが、これは現体制の枠内で、国家と法律による階級的現状に不信と反抗を表明しない者だけにとっての保証にすぎないのである。そこでは自由そのものも、自由のための思考すらよろこばれはしない。不信と拒否、否定から反逆へという自由の発展的方向を含む志向は、常に反社会的として締め出されつづけている。

ニヒリズムとは、いつもかかる待遇のなかでしか存在しなかった犠牲的な思想なのである。そのはじめは、けっして自己を否定するところから発生しなかったであろうと思われるが、現実に支配的である価値観、それに支えられる支配権力を否定しつつそれと対立するかぎり、自己をも否定的に取扱うことなしには存在を主張し得ないものとなった。だからその地底においてニヒリズムはテロリズムに通ずるものとなるのである。またアナキズムとも近く、あるときはまったくの同義語ともなるのである。

神聖不可侵の存在とされてきた「国家」を否定する思想としては、ニヒリズムとアナキズムはその内に孕《はら》む否定のよりどころに落差がないとはいえないとしても、マルクス・レーニン主義をまで含めた社会主義一般が彼岸のものでしかないとき、ともにわれわれのものとして同じ岸に在るべきものである。国家の存在が力づよく、その権力がなお上昇をたどり、堅牢性を誇るかぎり、ニヒリズムをプチブルとインテリの非現実的な利己主義としてしか理解できないマルクス主義は、はなはだ楽観的な（非）革命思想ということになる。

アナキズムには組織論がない、非現実な革命理論だといって共産党に、また戦時下のファシズムに、転向していった者たちの最大の迷夢は、国家という権力機構に対して、ニヒリズムに徹底し得なかったところにあった。

4

日本における大正のニヒリズムは辻潤をその代表とするが、彼は社会改革と革命の運動をひっくるめて、これを否定するかのような態度を示した。私はそのことに二つの意味を認める。一つは、早急に革命や改革の成就を期待する楽天主義の否定。もう一つは革命運動における反革命性すなわち非人間性の認識。

アナキズムがボルシェヴィキや社会民主主義にたいして警戒し反対することの重要な一点は、中途半端な革命をもって革命とすることの反革命性についてである。ロシア革命にたいするクロポトキン、エマ・ゴールドマン、大杉栄らの反対はそれであった。権力への考察、においてそのことは明らかである。権力の争奪すなわちプロレタリア革命とすることは、権力の反民衆性、非人間性についての考察を放棄した上での安易な小現実主義に他ならぬ。それは革命を反革命あるいは半革命の段階で押しとどめることでしかない。またいわば、権力と権力機構の肯定でしかない。いつの日にか国家と政府とを消滅すべきもの（せしむべきもの）と規定しながら、そう規定することによって敢えてそれを延命現存させることで、旧体制を新体制により添うものとして許容したのが社会主義革命であった。いくつかの国の社会主義革命が突き当っている壁は、かくして革命後が革命前より新しくないこと、変革されないこと、革命が革命政府によって押し止められていることである。

われわれにとっての大きな課題に権力の否定、覆滅ということがある。社会主義革命に不信を向けるのは、権力の交代と権力の否定というこのまったく異質のものが混同されて、革命運動のなかではほとんどその前者のみが考えられているからである。われわれが強力な権力に虐殺されているとき、それは〝彼らの権力〟によるもののためである以上に〝権力の存在〟そのもののためであることを銘記しておくべきである。革命が、権力を否定するものでないとしたら、その革命運動もまた当然否定されなければならぬ。そう考えるとき、辻潤が、革命を憑かれた者たちのものと見て否定の態度を示したことの意味がわれわれに近くなってくる。これまで革命運動と考えられてきた諸運動の、目的のため、集団のため、機関のため、という名目の下での〝人間〟の否認もまた反革命的と断定されるべきものとなってくる。

一個の人間として生きること、理想と目的のために自己をかけること、この二つのものの統一の上に革命運動を考えるためには、われわれはまだはるかに多くの否定すべきことを残しているのではないか。

たとえば自我についての考察ということがある。我、一個の人間としての我とは何者であるのか。ともかく多くの適応性の上に生活し生存してきた人間、その一個の我、その適応性とは、戦後の経済復活と成長の国家への適応、その下での社会人としての生活的順応、日本社会の常識としての未だ衰えざる家の観念、アメリカニズムの現世的現実主義、エゴイズム、バイタリティ、享楽主義、これらのどれをも主張する意義は、戦後の「日本」にたいしては有りながら、巨大なる欠如として、明日への革命的期待がない。反革命と資本主義社会的現実への追従、というこの今日の現状のなかで巧みに生きることの適応性。政治も道徳もそれ以外では存在し得ないその下で、否定と拒否だけによってこそ、自由への精神の開拓の緒が、あるいは見出され得ないだろうか。現代におけるニヒリズムの革命的意義はかかる意味において力強くはないだろうか。

生きているかぎり、否定しても否定しても、それをつくすことは到底不可能であろうという予感とともに、だから否定することの上に立って、個人としての我を侵かす何ものをも、いささかのものたりとも、拒否するという態度、生き方として今はこれしかないのだと考えること、のそこにだけ自由があるというのは、心弱い発言であろうか。

このことに関するかぎり、ニヒリズムとアナキズムは差異のないもののように私には思われる。アナキズムはアナーキーなる思想ということで、不健康で反社会的な破壊思想とのみ見られた時期があった。否、現在もまたそのようにいうことによって遠ざけられようとしている。だがそれは現在社会の常識がアナキズムのもつ否定の精神を恐怖することに他ならぬ。

5

如何なる現実の問題にたいしても、また今日もっとも能動的に活動しているかに見える者たちの言動にたいしても、批判と否定の精神をまじえずにそれに同調するところから発する安易な追随に、私は不信をともなってでなければ、相対したくはない。いわゆる前衛性を含まざる、現状維持の、そこから発する安易でニヒルの雰囲気をわれわれはたやすく肯定してはならない。そこに潜むものは自己肯定であり、そこに発生する変革の延長と現状追随の気分にこそ、もっともはげしい違和の精神をもって相対しなくてはならないからである。

どんなに否定しようとしても否定しきれないものはないのか。もしあるとすればそれは何か。われわれの各個が、十数年乃至数十年かの後には地球上にはいないのだという、経験的に認定されている事実がある。だがそのわれわれの各個がすでに在らざるという時にも、われわれは在る。このなお在るわれわれに賭けるか、必至不在のわれわれの個に賭けるか。オレが在るのでなければ何ものも無いという認識は、滅法つよい個我の自覚のごとく信ぜられ勝ちであるが、その認識は正しくはニヒリズムではないのではあるまいか。いや、ともすればこの全無的理解の無責任がニヒリズムの究極のごとくに理解されてきたという事実はないのだろうか。そのような理解を私が認めまいとするのは、その全無的理解を認識する主体は何者であるかということ、またそこには、全人類あるいはインターナショナルの、時間的、地域的連帯の感覚が消滅するしかないということ、そのためである。

しかし、では何故に現に生きて在る我の、やがて尽きるにきまっているものの、尽きるまでの生存にのみ、認識に値するものがあるというのか。やがての消滅がうたがわれぬならば、消滅までの生存と生活との一切もまた消滅の部分にすぎないではないか。生存と生活の現実を信ずるならば、個がある期間生命を保有すること、人間の種族的保存、その中に我を見出さざるを得ないではないか。これをニヒリストの見解でないというのか。

ニヒリズムの意見というものに私がほとんど賛成同調を惜しまないにもかかわらず、究極において自分をニヒリストと見ることをせずに今日まで来たのは、以上のこととかかわる。しかしこれは至って簡単なことだと思う。あくまで生きるための、また闘うための、思想とならなければならない、と考える私の「思想観」なのである。

「死を視ること帰するがごとし」という言葉があり、それは何らかの形で私に、私のどこかに、しみ込んでいるかもしれない。君のため、国のため、親のため、家のため、人のため、義のため、などという名目の如何にかかわらず、「死」が帰するものであるという思想はニヒリズムであり、また生きることとの究極というものであろう。しかし、かくのごとくに思想としてのニヒリズムをとらえている人を私は知らない。とらえられ、逃れられぬ運命に遭遇したときの所感としてではなく、常住坐臥に私はかくありたいと思う。それは潔く死ぬためではない。あるときはいさぎよく、また未練たっぷりに、臆面もなく執着して生きるために、私はそうありたいと思う。

酔生夢死するということはニヒルではなく、肯定的な生き方である。はげしく争い、たたかって生きようとすることの方が、争わず、努力せず、流るるままに生きること、そしてなるがままに死ぬることとは、それはニヒリズムからはるかに遠い。現状を否定し、弾劾しないからである。相剋することを避けるということは、否定するニヒリズムではないからである。

ニヒリズムとアナキズムを観念的に比べて、ニヒリズムの方がはるかに徹底した思想であるかのように理解されていることがある。その安易な理解に目をくらまされてはならない。何ごとも否定し、何ごとの価値をも、生きていることも、死するということも、あらゆる人間の生にかかわる諸問題を観念的に否定し去ることの困難は、権威と権力を否定し、それとたたかって打倒せんとすることの困難と、如何に較べられるべきであろうか。前者はしばしば観念のみとして成立し得ることがある。後者は容易ならざる現実の中に立ちつづけて前進しようとするものである。

（一九七〇年）

あとがき

『ニヒルとテロル』と題しても、とくにニヒリズムやテロリズムについてその理論とするところや世界史的存在について述べるなどというものではなく、一九五七年ごろからの十年ほどの間に、時にふれ折にふれて、自分のなかのもやもやと十分形とならないような思いを下敷にしてかいた小さな感想、随筆、それらを適宜に並べることでいくらかの主張みたいなものを語る形とした、というほどのものにすぎない。

もやもやしている小さな感想、それはとくに明確な主張には遠いとしても、私の内部では方向らしいものを自ずともっている。それは反権力、反権威というどこにもある、しかしとかく忘れられがちな思惟である。

権力と権威、それが民衆を支配しつづけてきて今に至る歴史のなかで、それに膝を屈しない思想としてニヒリズムが芽ぐみ、またそこから否定の行動に発するものとしてテロリズムがあった。

ニヒルにもテロルにも、その純粋といえるほどのものは容易にはない。ありえない。ここに私がふれてきたものも、事実において、よりニヒルであり、よりテロルであると、いう程度にすぎない。ニヒリストまたテロリストといわれた人たちにしても、生涯のある時期の生き方の部分がそのような傾斜を強くしていたというべきものにすぎなかった。現代の下で反権力、反権威を主張として生きることの容易ならざることを、その事実は語っているものと私は思う。それだけにわずかなニヒル、わずかな反権力思考にも私は注目するのである。

資本主義にたいする社会主義は、いまではその相互の同質性がデモクラシーの下で経験されつつある。ニヒルの形によって現われようとするそれらへのアンチテーゼ、その行動化、そこにこそ純度なデモクラシーが追求されるであろうことを考える現実的な反権威と反権力の思想にこそ、まず明日を期待するものが孕むであろうことを思う。

ここに集めたものの大方は、過ぎた大正の時期のはなしである。過去にわずかばかり微力に存在したこれらの反権力主義者たちの思い出が、より自由を求める明日の心にはげましを贈ることがありうるとすれば、とひそかに私はそれを願う。

一九六八年五月十七日

新版 あとがき

一九六八年に川島書店の「ヒューマン選書」の一冊として私の『ニヒルとテロル』は刊行されたが、今回はそれに「ニヒリズムそしてテロリズム」「ニヒリズムとアナキズム」の二つのものを加えて新版『ニヒルとテロル』とした。この二つのうちの前者は一九七四年に、後は一九七〇年にかいたものである。

そしてそこでは、それほどに自分ではつよく意識していないけれど、ニヒリズム（あるいはニヒリスト）についての私自身の意見が、やや否定的というか、あるいは肯定の度が薄くなっていはしないか、という意見を聞かされている。改めて今回全巻を読み直して見て、必ずしもそうではないと今私は考えている。たとえば「思想家としての辻潤」や既刊の最終論文「ニヒルとテロル」等における私の意見と今回加えた二つの文章におけるものとは辻潤についてかなりの移行が見える、と私の友人たちもいうのであるが、私の根本的な意見と立場はかわってはいない。むしろ前に書いたものが、あるいは辻潤のニヒルな生死の稀少価値を強調することにやや一面的の如くに見えたかもしれないのを、今回はその肯定的理解と評価の中に、僅かに不安な要素をも表白したということになるようである。全的な肯定や疑問のまじらない共鳴を元々有り得ないとする立場からの意見を、今回の二つの論文でいくらかあたりまえのものにしようとした、ということに止まるもの、と自分では考えている。

しかしそこにこういうことが私の心理に影をおとしていない、とはいえない。というのは、以前にこの本を出した後の日本社会の、あるいは世界の国々の政治情勢の、いっこうに好転しない民衆生活の態を目の前にして、もうやりきれないという、大分せっかちな思いが私を取り込めつつあるということである。

私の友人たちには、理想を遠くに持ちながら、今日ただ今のためには社会党あるいは共産党でも仕方がないとして、同調し協力することを〝現実的〟だとして語ることをしだいに強める手合が日毎に増加している。そんなわけには私はどうもゆかない。そして辻潤のように、自己の生死を自分の意志とせめてかかわらせんとすることを高しとするとともに、そのニヒルが行動に現われること、私におけるニヒルとテロルの問題が、ほんのすこしにせよ、別な角度を見せはじめようとするのだ、と、もしそう言うならば、この新版にとって、それは望外のことかもしれない。

世界の社会主義国家も革新の日本の政党や集団も、われらの現実の傾没からあまりに遠くへだたっている。出発の意味は完全に失せている、そのことの必然性。現実が否定としてしか受けとれない現実、そのなかでニヒルとかテロルとか、へんな言葉を言ったり書いたりしているのを、否定するしか、何があろう。百分の一も否定し得ないからこそ、人正のテロリストの無為に近い生と死を語らねばならぬ思いもあった。それを否定し得ないからこそ生きているのだ、ということは、すでにかなしい承知である。

一九七七年四月三十日

初出一覧

『秋山清著作集』第三巻所収

動と静——テロルとニヒル　『現代詩』一九五八年十月号（初出時表題「テロリストの作品」）
受けつがるべき否定　『日本読書新聞』一九六一年十二月十一日号（初出時表題「辻潤の思想と現代」）
アナーキー　『新日本文学』一九六四年二月号（初出時表題「アナーキー・アナキズム」）
三国同盟　『クロハタ』一九六二年七十六号（初出時表題「掌説 三国同盟」、筆名・タカヤマケイタロウ）
大正、昭和の虚無思想雑誌　『本の手帖』一九六二年六月号
思想家としての辻潤　『本の手帖』一九六五年六月号
ニヒルの群像　書き下ろし一九六八年（『ニヒルとテロル』初版、川島書店）
管野スガ子の獄中短歌　『春秋』一九六一年五月号（「テロリストの文学」という表題で以下連載）
金子ふみ子の回想録　『春秋』一九六一年七月号
村木源次郎の童謡　『春秋』一九六一年十一月号、十二月号
白楊・田中勇之進　『春秋』一九六二年九月号
酔蜂・和田久太郎　『俳句』一九五七年四月号
二人のロマンチスト——後藤謙太郎と中浜哲　書き下ろし一九六八年（『ニヒルとテロル』初版、川島書店）
テロリストと文学　『新日本文学』一九五八年十二月号
ニヒルとテロル　書き下ろし一九六八年（『ニヒルとテロル』初版、川島書店）
ニヒリズムそしてテロリズム　『思想の科学』一九七四年五月号

『秋山清著作集』第四巻所収

ニヒリズムとアナキズム　『麦社通信』一九七〇年二月号

解説――ニヒルとテロルとヒューマニズム

細見和之

秋山清はまずもって私にとっては詩人だった。現代思潮社から一九七三年に刊行された『秋山清詩集〈増補版〉』（初版、一九六八年）は、学生時代から私の、いわゆる座右の書のひとつだった。そこには、戦中に書かれた作品を収めた『白い花』や戦後の約十年のあいだに書かれた作品を収めた『象のはなし』など、その時点での既刊詩集のすべてが収録されていた。とりわけ、『白い花』と『象のはなし』は、今後とも、日本の近代詩・現代詩を論じる際に、けっして欠くことができない優れた詩集である。いや、私がいまさらこんなことを書く必要がないほど、この二つの詩集の作品は一時期人口に膾炙《かいしゃ》していたはずだ。

しかし、日本では、そもそも詩や詩集がきわめてマージナルな位置に追いやられている。秋山清のこれらの詩集ですら手軽にどこかの文庫本で読むということは、難しい状態に私たちは置かれている。いまの若い読者が秋山清の詩人としての仕事にどれだけ触れているか、はなはだ心もとないのだ。一例として『白い花』所収の「雪」という詩を引いてみる。

雪のふる下に波がうっている。
ながいながい渚に大きな波がうっている。
漁船が雪に埋もれている。
ちいさい川があってそこだけ雪がくずれ
人がいるかとうたがわれるほど粗末な小屋がある。
おなじような景色が来てはまた過ぎる。
噴火湾は漠々として水平線が見えず
さむい藍黒の海いちめんに雪がふっている。
汽車は速力をあげてすすみ
雪ふりながら
海が夜になろうとしている。
ひた走る汽車の
二重張の硝子戸に額をおしつけてみると
空いっぱいに雪も海も暮れてゆく。

全速力の汽車も
はしりながらいっしょに暗くなってゆく。
抵抗できぬこの大きな速度のなかに
私はただ叫びごえをあげたくなった。
その叫びたいこえをこらえて
夜になるのを見つめていた。

これは一九四一年五月、花田清輝らが中心となって編集していた雑誌『文化組織』に発表された作品である。つまりこの詩は、日中戦争からアジア・太平洋戦争へと向かうまっただなかで書かれ、掲載されていたことになる。たんなる叙景詩と見えて、さすがに戦時中の暗い情勢が濃密に映し出されている、と感心するひとは多いだろう。とりわけ、末尾四行に抱えられている言葉の内圧は相当のものである。

しかし、あんな時代だからこんな詩が書かれた、と順接で捉えるなら、事態はまったく逆なのだ。前年の一九四〇年十月には大政翼賛会が発足し、この作品の発表のちょうど一年後、一九四二年五月には日本文学報国会が成立する。いや、その遥か以前から、日本の詩人たちはおしなべて、日本の戦争体制に積極的に組み込まれていた。当時、この作品のように暗鬱な冬の光景を捉え、そこに不穏な情勢を重ねるような感性そのものが失われていたのだ。まして、それを発表することには、はなはだ危険が伴われていた。『白い花』には、これ以降敗戦の時期までに書かれながら、初出掲載は戦後となった作品が何篇も収録されている。戦後、日本の詩人の戦争責任を厳しく追及するところから出発した吉本隆明は、秋山清の『白い花』を指して「日本現代詩の最高の抵抗の表現」と評した。

もちろん、秋山清を「詩人」という枠だけで捉えることはとうてい不可能だ。一九〇四年福岡県に生まれた秋山は、一九二三年春に東京に出て以降、アナキズムの思想を吸収するとともに自ら運動を展開していった。おりしも、秋山が東京に出た一九二三年は、六月に有島武郎が自殺し（遺体の発見と報道は七月）、九月に関東大震災が勃発し、大杉栄が伊藤野枝とともに虐殺されるにいたる年だった。一九二六年には秋山は辻潤を訪ね、一九二七年には小野十三郎と出会い、小野とは一九三〇年に詩誌『弾道』を創刊することになる。その間、激化してゆくアナキストとボルシェヴィキのあいだの、いわゆる「アナボル論争」を身近に体験しながら、秋山はアナキストとしての道を一貫して歩んでいった。

そういう戦前からの具体的な交友も背景にして、戦後、秋山は、辻潤について、大杉栄について、アナキズムについて、アナキストの文学について、さらには竹久夢二について、膨大な著作を刊行した。本書『ニヒルとテロル』は、そういう秋山の戦後の著作を代表する一冊である。

秋山がここで主題化しているのは、タイトルにあるとおり「ニヒル」と「テロル」の問題である。あるいは、両者の同一性と差異の問題である。その際、秋山がいちばん疑問視したいのは、ニヒリスト＝テロリスト、テロリスト＝ニヒリストと見なすような安直な理解である。そもそも秋山は、日本におけるニヒリズムあるいはニヒリストにたいする浅薄な理解を問いただす。日本における理解の不徹底ぶりは、彼からすると、辻潤を「アナキスト」と規定してはばからない論壇・文壇の態度に顕著に示されている。秋山からすると辻潤はアナキストではなく徹底したニヒリストとして理解されねばならないのだ。ダダイストとして、またマックス・シュティルナー『唯一者とその所有』の訳者として知られながら、奇行のはてに尺八を吹いて諸国を放浪しつつ、一九四四年十一月、餓死同然で死に絶えた辻潤——。秋山はそんな「ニヒリスト辻潤」の姿を、一方でかけがえのないものとして受けとめる。

辻が社会とたたかわなかったのではない。彼は彼の様式で最後まで根づよく社会とたたかいつづけて死んだ。そして敗北したのでもない。むしろ日本の現実的な権力やそれに従う道徳は、さいごまで辻を屈服させることができなかったままに辻に死なれてしまったのである。

（本書、六二頁）

しかし、この「ニヒリスト辻潤」には、大正時代、ギロチン社を起こしたアナキスト系テロリストたちが対置されねばならない。ここでも秋山はアナキストとテロリストを同一視するような理解を退けつつ、同時にテロリストを自分の外部へとけっして追いやることはしない。とりわけ、ギロチン社の古田大次郎について本書で秋山は繰り返し論じている。古田は、本格的なテロルの遥か手前、資金獲得の段階で銀行員を誤って刺殺し、ギロチン社の企図に壊滅的な打撃をあたえてしまう。その後、逮捕された古田は絞首刑に処されるが、死後、古田の獄中手記として出版された『死の懺悔』はベストセラーになる。多くの読者がその本にうかがわれる古田の純情に打たれたのだ。

一方で秋山は、古田の『死の懺悔』に見られる古い道徳を厳しく批判する。二十六歳にいたるまで純情な片思いを貫き、童貞のままであった古田。彼に死刑判決をくだした裁判長さえも感心させた古田の純情ぶりは、明治、大正の道徳観・倫理主義が昭和にまで生き延びた哀れな姿でしかない、と。しかし、秋山がいちばん苛立つのは、そのような古田の純情ぶりに讃嘆するひとびとが、古田が現に企図したテロルにはいっさい関心を寄せないこと、むしろ古田の純情を持ち上げることで、彼がテロルに向かったことの意味をまるごと抹殺しようとしていたことである。秋山は、サヴィンコフ『テロリスト群像』に描かれたテロリストの姿と古田を重ねてこう書いている。

彼らは、あるいは民衆、あるいは社会、のためにという現実的な目的のために、自己の未来をまで放棄して、ニヒリストとなることによってテロリストの資格者となりうる。事の筋みちは「アイツをやっつけろ」的単純卒直さで乗り出したとしても、自分の死が賭けられたとき、暗殺者自身にとってその哲学的意味は巨大に変質する。いわば価値と意義の認識において無の観念と一つになる。ニヒリズムはこのときテロリズムによって超えられねばならない。（同、二二五頁）

とはいえ、やはり秋山はたやすくニヒルにたいしてテロルを観念的に優位に置くのではない。論考「ニヒルとテロル」の結論あたりにはこう記されている。「日本のテロリストといえども短時間辻潤らのニヒリズムを超え、それから後に多くの人びとは辻潤のニヒリズムよりも後退した」（同、二二六頁）。

ニヒルとテロル、この両者の狭間で感性を研ぎ澄まして徹底して考えること、さしあたり秋山の本書での態度をそのように捉えることができる。しかし、秋山自身は最終的にどのような位置に立っていたのか？　驚くべきことに秋山は「ヒューマニスト」という立場を、おそらくは積極的に表明するのだ。それは『やさしき人々――大正テロリストの生と死』（大和書房、一九八〇年）に収録されている論考「テロルとヒューマニズム」で主題的に論じられることになるが、本書においても有島武郎の最晩年の姿勢を肯定的に捉えた箇所（二九七頁）や、本書が増補版として再刊された際に付された論考「ニヒリズムそしてテロリズム」の以下の部分に見て取ることができる。

ギロチン社のテロルの狙いが天皇制国家の現実の元首に定められていたことはかくれもない。成功したとすればもっとはるかに多数の者たちがそこで生を死にかえたであろう。彼らは、ある限定的時間の内部でしかわが「生」を考えなかった、そのことにおいてニヒリストであった。ニヒリストであることによってテロリストとして生きようとしたのである。このときはるかに、社会変革に志を立てた時のヒューマニズムから距離遠く来てしまっていた。生と死とテロルだけしか彼らの目の前にはなかったのである。ヒューマニズムを喪失したとき、すべての活動はその手段そのものが目的化して、そこからある堕落がはじまる。（同、二四二―二四三頁）

これをあまりに通りやすいテロリズム批判と受けとめるのは早計だろう。秋山の意図はふたたび、ヒューマニストという高みからニヒリストとテロリストを冷やかに見下ろすことではまったくないし、小器用に両者を「弁証法的」に止揚したりすることでもないからだ。むしろ秋山はそういう態度にこそ、ニヒリスト、テロリストよりも遥かに深甚なヒューマニズムの喪失を感受していたに違いないのだ。だからといって、秋山のうちには、テロリストにたいする感傷的な負い目など微塵も感じられない。この秋山のスタンスには、まことに貴重なものがあるだろう。

秋山は一九〇四年に生まれ、一九八八年に亡くなった。秋山が詩を書き、批評を綴っていた時代は、同時にマルクス主義が強固な「権威」として君臨していた時代でもあった。奇しくも秋山の没後一年で、社会主義圏は崩壊を迎えることになった。そのとき、アナキズムはマルクス主義というつっかえ棒（敵）を失くしたとも言える。この点は、秋山の時代と私たちの時代との大きな違いである。本書の初版は一九六八年に刊行された。時代はまさしく熱い「ニヒルとテロル」のただなかにあった。秋山は『わが暴力考』（三一書房、一九七七年）では、反日武装戦線による一連の爆破事件という同時代のテロルと真摯に向き合うことになる。

私たちが「テロル」ということですぐに思い浮かべるのは、オウム真理教による地下鉄サリン事件であったり、二〇〇一年九月十一日のニューヨーク貿易センタービルへの旅客機の激突であったり、さらには「自爆テロ」の数々であるかもしれない。原爆を用いたテロの可能性すら、いまでは現実味を帯びてしまっている。一方で、インターネットは私たちひとりひとりをそれまではなかった「ニヒル」と「テロル」に直面させている。ネット絡みが原因の無差別殺人が繰り返されるさまには、「ニヒル」と「テロル」が奇妙に癒着している。私たちが生きている二十一世紀、「ニヒル」も「テロル」も一転して冷えびえとした、それだけいっそう複雑な様相を呈しているように思われる。この点も秋山の時代との大きな違いだろう。私たちはどのようにしてこれらの「ニヒル」と「テロル」に向き合えばいいのか。

そこで改めて、秋山の本書における本領がなによりも、辻潤、古田大次郎、管野スガ子、金子ふみ子らの生の断面の鋭利な掘り起こしにあることを強調しておく必要があるだろう。その根底に見られるものこそは、秋山の「ヒューマニズム」ではないだろうか。どのようなテロリストも、どのようなニヒリストも、一個の生の断面として瑞々しく私たちの眼前に立っている。現在の新たな「ニヒル」と「テロル」の狭間で、私たちはそこから、秋山清の地点から、一歩も後退してはならない。

（ほそみ　かずゆき／詩人・ドイツ思想）

平凡社ライブラリー　808

ニヒルとテロル

発行日…………2014年3月10日　初版第1刷

著者……………秋山 清
発行者…………石川順一
発行所…………株式会社平凡社
〒101-0051　東京都千代田区神田神保町3-29
電話　東京(03)3230-6579[編集]
東京(03)3230-6572[営業]
振替　00180-0-29639

印刷・製本 ……株式会社東京印書館
DTP…………株式会社光進＋平凡社制作
装幀……………中垣信夫

ISBN978-4-582-76808-4
NDC 分類番号902.06
B6変型判（16.0cm）　総ページ280

平凡社ホームページ　http://www.heibonsha.co.jp/

平凡社ライブラリー　既刊より